落第
士
英雄譚
Cavalry
9
海空陸
RIKU MISORA
繪者 WON

落第騎士
英雄譚
Cavalry
9
©Won

「哦——已經開始啦——！」
©Won

一輝等人聽見那陣熟悉的關西腔。

史黛菈從鏡中確認著，
自己的狀態是至今前所未有的良好。

一切準備就緒。

走吧。

最強的敵人
——就在那最棒的舞台上等著自己。
©Won

決賽開始!
AHEAD!
©Won

七星劍武祭
LET'S GO
©Won

CONTENTS

第十四章 戰魂高昂

七星劍武祭準決賽第二場比賽結束後，黑鐵一輝昏倒在選手準備室內。

他被人發現的時候，心臟已經停止跳動。不只是一輝的親朋好友，就連大賽的相關人員、前來觀戰的一般民眾，所有人都受到相當大的衝擊與不安。

或許有不少人預想了最糟糕的結果。

而大賽的相關人員也開始朝著**這個方向**，調整隔天的賽程。

不幸中的大幸是，國內最好的醫生展現了她的實力，使眾人的擔憂化為烏有。

黑鐵一輝保住了性命。

然而，他直到決賽即將開始，都沒有醒過來。

——但那又如何？

既然〈落第騎士（Worst One）〉——黑鐵一輝還活者，比賽再晚上一天也無所謂。

所有人都擁有相同的想法。

黑鐵一輝與史黛菈·法米利昂。

這場第六十二屆七星劍武祭的選手，水準可說是歷年來最高。

而這兩名騎士一路奮戰至今，登上了決賽舞台。

眾人都還沒見證兩人的比賽結果，怎麼能讓這場大賽結束？

更何況一輝是在比賽結束後遭到攻擊，而且是因為掩護主審，誤中流彈。

怎麼能讓這天外飛來的意外，拉下這場祭典的布幕。

所以，他們靜心等待。

等待黑鐵一輝抵達這場戰鬥的舞台。

所有人竭盡全力，只為了等待黑鐵一輝。

相關人員向各方大老低頭，將原定最終日舉行的表演賽提前舉行；新聞媒體也同時調整專題報導；塞滿會場的觀眾們平靜地接受所有變更……上萬人傾盡了心力，全都是為了這名少年。

於是……他終於來了。

時間已接近日落。

他衣衫不整，頂著一頭亂髮。

但是他確實來到了戰圈，接著展現出——

他對於這場戰鬥的強烈渴望。

選手們的渴望、相關人員的心願、觀眾們的期盼，全都希冀著同一件事。

——那麼，前方將不再有障礙。

在眾多人們的支持與善意，以及選手本人的強烈意志之下，決賽的戰圈已準備就緒。

於是……黎明終於來臨。

伴隨白熾般的曙光，從東方的天空緩緩升起……

萬人殷切期盼，七星劍武祭最終日的朝陽——

◆◇◆◇◆

「唔哇——好多人啊。現在時間還這麼早，大家真拚呢。」

早上九點，破軍學園學生會成員——兔丸戀戀搭乘清晨的新幹線，前往大阪。

她在最靠近七星劍武祭會場——灣岸巨蛋的車站下了車，而當她踏上車站的瞬間，人聲鼎沸的情景躍入她的眼簾，不禁為此喃喃自語。

車站的月台、驗票閘，甚至是外頭通往巨蛋的道路。

這些地方全都塞滿多不勝數的觀眾們。

他們來此的目的，當然只有一個。

就是前來觀看七星劍武祭決賽。

「不過人這麼多，他們進得了會場嗎？」

「巨蛋內自然容不下如此人數。最終日將會設置戶外電視牆，才引來眾多觀眾。」

與戀戀同行的其中一名破軍學園學生會成員，回答了她的疑問。

那是一名身材壯碩，恍若岩石的高大男子，名為砕城雷。

正如他所說，這裡的人們大多都是為了在會場外頭觀戰。

雖說到準決賽為止的比賽，會場外也聚集了不少人，但終究沒辦法和決賽相比。

更別說這場對決賽的兩位選手，一位是〈紅蓮皇女〉，她是A級騎士，擁有人類最高的魔力；另一位則是〈落第騎士〉，他以伐刀者中的最低評價——F級的身分，剷除以〈七星劍王〉為首的諸多強敵，終於進軍決賽。現在會有如此盛況，也是理所當然的。

此外，這次前所未有的人潮更吸引了許多商人。

歌手手持吉他，靠坐在籬笆旁唱著小曲；

藝人表演雜耍、魔術等才藝；

以及當地商會搭建的小攤。

一大清早，灣岸巨蛋周遭早已是一片熱鬧非凡的景象。

一行人張望眼前這副景象的同時，還有一人跟在戀戀身後。學生會副會長——御祓泡沫捂著嘴，臉色發青。

「這麼多人……我開始覺得不舒服了……」

「副會長？你沒事吧？」

「沒事才怪。好熱，好難過，好累……我撐不住了。」

「早知如此，汝一開始便留守校園，何必自討苦吃？」

「別開玩笑了。大家都跑來玩，只有我一個人傻傻的留在學校裡工作，感覺實在太蠢了。別閒聊了，趕快到旅館去啦。我再繼續待在這種地方，腦漿搞不好會晒到融化，直接從耳朵流出來。」

泡沫扯了扯碎城的衣角，不停地發牢騷。

不過他們待在這裡太久，即使不會真的晒到腦漿融化，也可能會中暑。

他們搭了兩個半小時的車，才大老遠從東京跑來，要是只能在醫院病床上看比賽，可就一點都不好笑。

「說是這麼說，在這種人潮裡找到彼方學姊，可能會很費力——」

「不、這倒難說。」

碎城這麼說道，指著人潮中的一處。而在那裡——

「各位——我在這裡喔——」

在車站出入的人們大部分都穿著短袖或短褲，厚一點的頂多只穿著輕薄的針織毛衣。而人群中的貴德原彼方，則是身穿一襲潔白禮服，從頭到腳包得緊緊的，連指尖都沒有露出來，看起來幾乎像是可疑人士。

「似乎是杞人憂天了。」

「彼方學姊，妳不熱嗎？」

「沒問題的，稍微忍耐一下就可以了。」

「妳還是有在忍耐啊……為什麼要忍到這種程度……」

戀戀不禁疑惑，她該不會是因為宗教問題才這麼做吧？

戀戀身後的泡沫歪了歪頭，問向彼方：

「咦？彼方，刀華去哪了？」

沒錯，他們還以為破軍學園學生會會長——東堂刀華會和彼方一起行動，但是她現在卻不見人影。

「刀華今天早上臨時有急事，先去其他地方。」

「急事？」

「呵呵，是啊，有急事。」

彼方並沒有明說，但從她愉快的神情看來，似乎不是什麼壞事。

那應該就沒必要深入追究。「是喔。」泡沫隨口應了一聲，閉上嘴。

「她比賽開始之前應該回得來，所以有說想和大家一起看決賽。」

「這樣啊。」

「不過，決賽啊……」一時之間還以為會辦不成，能順利舉辦真是太好了。黑鐵同學會受傷，是因為比賽結束後遭到偷襲，還是掩護別人才受傷的，要是他就這樣不戰而敗，未免也太可憐了。」

「這次的特別決策是前所未有的案例，營運委員會的各位大老應該也是考量到這點，才做出這樣的決定。另外……貴德原家收到情報，月影總理似乎為這次延長比賽出了不少力呢。」

「是那個總理？他讓我們吃了不少苦頭耶？」

「……這還真是意外啊。」

「話雖這麼說，大賽時程終究不可能為了一名學生延期。而恰好的是，比賽原本就因為史黛菈同學的活躍表現，硬是縮短一天……學弟看似衰神上身，其實狗屎運還挺強的呢。」

戀戀也點點頭，認同泡沫的說法。

緊接著，戀戀抬頭看向身後的碎城，以同輩之間特有的熟稔口氣說道：

「喂喂，碎城啊，你覺得誰會贏？」

碎城將手靠在下巴上，默默思考一陣子：

「……雙方和校內選拔賽時相比，都大幅度提升實力。但按照準決賽的戰況來看，法米利昂的實力還是遠勝黑鐵。吾不認為單靠技術就能對付巨龍之力，因此法米利昂應該會取勝。」

「原來如此。」戀戀聽完，同意他的說法。

史黛菈在準決賽展現了她真正的力量，以及引出這股力量的伐刀絕技（Noble Arts）——

〈龍神附身(Dragon Spirit)〉。

那股力量實在令人印象深刻。

碎城會這麼判斷，也是理所當然的。

不過——戀戀則是有不同看法。

「史黛菈真正的能力——**重現巨龍概念之力**，的確是很驚人，甚至讓人難以想像，一名人類竟然能施展如此龐大的力量。我也覺得史黛菈的實力就是這麼超越常理，不過……黑鐵就是一路顛覆這些不可能，今晚才有辦法站上決賽的戰圈呢。」

「……兔丸認為黑鐵會獲勝？」

戀戀點點頭。

「我和他戰鬥過，所以我很清楚。史黛菈的『暴力』確實是超越人類的理解範疇，但是黑鐵的『技巧』也同樣是超越常軌，根本能稱作神乎其技。不知道你還記不記得，校內選拔賽的那個時候，黑鐵是怎麼擊敗我的？」

「他似乎是躲過妳的超音速突擊〈黑鳥(Black Bird)〉，並且在錯身之際抓住妳的衣領，直接砸向戰圈，是吧？」

「沒錯。普通人要是這麼做，手肯定會被扯斷。可是，黑鐵**完美地卸除衝擊**，將之轉化為自己的力道，反將我擊倒在地上。他的技巧面對史黛菈的『暴力』，也一定有效的。」

「吾明白妳的意思，但是汝未免小看法米利昂。當時吾的〈蓄銳之斧(Crescendo Axe)〉的重量已

經累積至極限，她卻能輕而易舉接下吾的斬擊。而現在再加上〈龍神附身〉，她的臂力肯定有飛躍性的成長。如此強大的攻擊力，已非單靠他的技巧就能對付，最後只會落敗吧。」

「黑鐵的速度可是足以閃避她的攻擊呢。史黛菈肯定會被黑鐵的速度耍得團團轉，我現在就能想像那個畫面！」

「不過是區區幻覺，戰鬥自然是力量強大者為勝。」

「胡說八道！現代戰鬥可是以速度取勝，速度就是一切！」

「說到底，妳只是希望那個贏過自己的對手獲勝吧？」

「你還不是一樣！」

「唔唔唔唔……！」

「姆——————！」

「好了、好了，你們兩個夠了吧。」

兩人就在這熱得足以出現蜃景的天氣中，怒目而視，火花四散。

泡沫看不下去，主動介入分開兩人。

「你們想講這種熱死人的話題，請到有冷氣的地方講啦。再繼續站在這裡，我都要中暑了。」

「說得也是呢。那麼各位，我們先前往旅館，旅館內已經備好餐點，請到旅館再繼續討論吧。」

彼方似乎也贊同泡沫的想法。

她立刻邁步走在前方，帶領眾人前往貴德原旗下的旅館。

「咦？可以吃飯了嗎？太好了！吃飯、吃飯～♪」

「……失禮了，吾倒是有些反常，竟然不由得激動起來。」

「不，雷給人的印象本來就很熱血，不算是反常吧？」

「!?!?」

只留下碎城一臉震驚，彷彿石像一般傻在原地。

◆◇◆◇◆

「哇哈哈，看哪！人類看起來就像垃圾一樣。」

「妳在發什麼神經？」

人潮大排長龍，一路從車站綿延至灣岸巨蛋。

西京寧音從旅館的陽台望著外頭，一邊裝出詭異的嗓音。新宮寺黑乃坐在沙發上，朝她送去無奈的眼神。

「哎呀，從高的地方看見那麼多人，總是會不自覺說出這句台詞嘛。」

「誰會啊。」

「不會吧？小黑妳真的是日本人嗎？」

「這種事跟國籍有什麼鬼關聯。」

黑乃嘆息般地低語道，接著從西裝口袋拿出香菸。

她將香菸放入口中，在點燃的同時，這麼對西京說道：

「妳怎麼會拒絕最後一天的賽評？這份工作對妳來說，應該有不少好處吧。」

「話是這麼說沒錯，不過她可是妾身心愛的徒弟，妾身當然會想在特等席好好地看比賽嘛。」

「雖然我很想吐槽，妳才教她一個星期而已……妳還真是讓她整個人脫胎換骨。」

「妾身也嚇了一跳呢。妾身的手段確實有些粗魯，但妾身實在沒想到，她體內竟然隱藏著這麼一隻怪物啊。」

「這樣看來，她那不符合體型的超大食量，應該也是受到巨龍之力的影響吧。」

黑乃這麼說完，往桌上瞥了一眼。

桌上堆滿客房服務的殘骸，有如一座小山。

而製造這堆殘骸的紅髮少女……〈紅蓮皇女〉史黛菈・法米利昂正縮著身體，彷彿胎兒一般睡在房內的床上。

「……寧音，妳怎麼看今天的決賽？」

「應該會是一場勢均力敵的好比賽呢。他們兩個雖然方向性不同，但都擁有優秀的實力，雙方都不會輕易敗陣，最後可能會打到難分難捨，而且水準一定相當高。」

「難分難捨啊。」

「當然，他們可是情侶耶，一刻都捨不得分開呢。」

「假如他們之間的鬥爭只是可愛的情侶吵架，在旁邊戒備的人也能稍微輕鬆點。」

黑乃聽見西京的玩笑，只能回以乾笑。她吐出一口煙霧——

「倘若是那兩個人……大概不會這麼簡單就結束。」

這麼低語道，語氣帶著些許緊繃。

西京聞言，也微微點頭：

「也是呢，一個不小心，其中一方就會死。就像妾身和小黑的那場比賽——」

西京裝出一副嘻皮笑臉的模樣，但是她的眼眸中，隱藏著和黑乃相似的緊繃。

她回想起自己那個年代的七星劍武祭。

以及自己與黑乃對峙的那個當下，自己的心情。

——那個時候，她真的覺得死了也沒關係。

只要她能贏過這傢伙，她可以連命都不要。

她就是如此瘋狂地……渴望瀧澤黑乃這個女人。

西京相當肯定，黑乃一定也和她一樣。

而現在，那兩個人的想法，可能就如同當時的她們——

「不過……果然還是黑鐵小弟的處境比較危險吧。」

「〈夜叉姬〉認為〈紅蓮皇女〉比較有利嗎？」

「妾身實在沒辦法想像出那位公主殿下敗北的模樣呢。」

西京一邊說，一邊望著沉睡的史黛菈。

史黛菈睡得相當熟，甚至沒有發出一點鼻息。

她正在儲存力量。

她將每一分力量蓄積在體內，甚至連睜眼的一絲力氣都不放過。

為了在今晚的決賽中，爆發出一切。

「────」

巨龍彷彿蜷縮起巨大的身體，趴伏在床上。兩人不禁將這道巨龍的幻影與史黛菈的身影重疊。

黑乃感受著這股壓倒性的存在感，忍不住吞口唾沫。

並且開始思考。

今晚，另一名騎士即將面對這隻怪物。

（黑鐵，你現在究竟在思考什麼，又在做些什麼？）

他是否和這名少女一樣，正在養精蓄銳？

還是因為高漲的情緒輾轉難眠，迫不及待地等待今晚的決戰？

抑或是──

「……不論如何，旁人若想插手這場比賽，可得拚上性命。這個任務不能隨便交給那些半吊子，要是有個萬一，就是我和妳要去阻止他們……就像當時的南鄉老師和黑鐵老師。」

「知道啦，妾身當然明白。」

西京沒有露出嫌麻煩的表情，爽快同意黑乃。

她本來就是為了不錯過最嚴峻的那一刻，才婉拒工作，打算專心觀戰。

不用黑乃提醒，她也知道。

現在最重要的是——西京一臉認真地對黑乃說道：

「我說，小黑啊。」

「嗯？怎麼了？」

「這裡禁菸喔。」

「……………下次請在我點火之前提醒我。」

「如果妾身記得的話。」

黑乃尷尬地紅了耳朵。西京望著這樣的黑乃，露出頑皮的笑容。

◆◇◆◇◆

正當史黛菈保存體內每一分力量，同一時間。

她的對戰對手——黑鐵一輝的身影，就出現在灣岸巨蛋附近，某個日本國家聯盟（National）所有的訓練場內。

七星劍武祭開賽期間，這座訓練場是開放給選手使用的。

一輝正在這座設施中的戰圈上，進行模擬戰。

而他的對手，身材高瘦，眉清目秀。

正是一輝的好友，〈黑薔薇（Black Sonia）〉——有栖院凪。

「——呼！」

一輝猛地加速，劃破空氣，朝著有栖院衝刺突擊。

有栖院則是重心後傾，作勢後退，並且——

「〈影獸戲畫（Shadow Beast）〉——！」

他投擲三柄匕首型靈裝（Device）——〈暗黑隱者（Darkness Hermit）〉，刺進地面。

〈暗黑隱者〉瞬間溶解，在戰圈上產生有如水窪的影子。

緊接著，影子噴發漆黑飛沫，跳出兩隻巨大的老虎與一隻熊，襲向逼近的一輝。

一輝見狀，無動於衷，照樣蹬地邁步，衝向阻擋在眼前的三隻巨獸。

影戲之虎正要張口咬下一輝的頭部，他一刀從虎口劈開至虎尾；熊爪接著從一輝頭頂揮下，他輕身一閃，在錯身之際，橫刀斬開熊的軀體。一輝連續解決兩隻巨獸後，架勢還未回復，第二隻影虎趁機撲上前，此時他施展最快祕劍——〈雷光〉，迅速追上影虎的動作，一刀兩斷。

一輝輕而易舉地讓〈影獸戲畫〉再次四散成黑霧。

不過有栖院一開始就不認為〈影獸戲畫〉有辦法阻止一輝。

這只是障眼法。

〈影獸戲畫〉崩解後的黑霧遮蔽一輝的視野，就在這個瞬間！

——他趁機施展〈光影密道(Shadow Walk)〉，移動至一輝的影子裡！

有栖院的計謀順利得逞，他順利通過自己的影子，轉移到一輝的影子中。照亮戰圈的燈光照射在一輝身上，向後拉出一道長影。有栖院從一輝的影子一躍而出——

（得手了……！）

有栖院揮動〈暗黑隱者〉，斬向背對自己的一輝頸部。

就在這個剎那——

「!?」

有栖院還沒撕裂一輝的後頸，一輝的固有靈裝——〈陰鐵〉的漆黑刀尖便從一輝的腋下刺出，直指有栖院的眉間。

一輝早已看穿有栖院的計策，維持面向前方的姿勢，施展突刺。

「！」

有栖院急忙以匕首擋下突刺。

他勉強避免自己被刺成肉串，動作卻因此慢了一拍。

在黑鐵一輝面前慢上一拍，就等於是致命的破綻。

「——啊、哈！」

砰咚一聲，沉重的衝擊聲響徹設有戰圈的房間。

一輝的後踢貫穿有栖院的心窩。

衝擊貫穿腹部，頓時將有栖院踢飛三公尺外。他摔倒在戰圈上，痛苦地咳嗽。

「咳咳！咳呵！太、太過分了，怎麼能踢少女的腹部呢？這可是嚴重的道德危機喔！」

「抱、抱歉？」

「為什麼要打問號啦？」

「因為我對你的話只有滿頭疑問。」

有栖院聞言，則是一邊咳，一邊露出微笑。

「呵呵，先不開玩笑了……一輝，看來你睡了一整天，身體卻沒賴床呢。這樣人家就放心了。」

「那也是多虧艾莉絲，謝謝你願意陪我做賽前調整。」

一輝道謝，同時放下〈陰鐵〉的刀尖。

因為有栖院倒在地面上，已經處於無法戰鬥的狀態。

他們只是進行單純的模擬戰。一輝睡了整整一天，身體多少有些遲鈍，有栖院才會幫助他調整身體狀況。

既然模擬戰大勢已定，一輝也不需要繼續追擊。

此時，一名嬌小的少女邁開小巧的步伐，奔向停手的兩人。

少女有著一頭整潔的白銀短髮，正是黑鐵一輝的妹妹，黑鐵珠雫。

她來到一輝身旁，有些無奈地抱怨道：

「真是的，今晚就要舉行決賽，還要進行模擬戰，太亂來了。」

「哈哈，抱歉。可是，我實在睡太久了，還是想確認一下身體的狀況。」

「我也能理解哥哥的心情，但是你也該適可而止，不然狀態反而會惡化。你看，流這麼多汗…………………………咦？」

一輝的臉上沾滿汗水，珠雫拿起毛巾為他擦汗……此時，珠雫忽然表情一僵。

因為他臉上的汗水……冰冷如冬日的流水。

「哥哥，這是……」

「……穿幫了啊。」

一輝苦笑道，接著從珠雫手中接過毛巾：

「我不是因為疲累才流汗。我很害怕……和史黛菈戰鬥。」

他擦著臉上的冷汗，淡淡低語。

沒錯，他並不是運動後才流下這些汗水。

緊張、不安、畏縮……這些汗水，全是來自於這種種足以稱為「惡寒」的情感。

一輝相當畏懼她。

畏懼〈紅蓮皇女〉——史黛菈・法米利昂。

但那也難免。

一輝觀看過她的第一輪比賽，也就是那場與〈冰霜冷笑〉鶴屋美琴之間的特別比賽。他從史黛菈游刃有餘的態度，就能看出她擁有相應的成長。但史黛菈在準決賽展現出的實力，已經遠遠超過一輝的預料。

「她和當初與我戰鬥的她，已經判若兩人。史黛菈以往只靠著巨龍的火焰戰鬥，而現在的她已經有了自覺，她明白自己的真面目，並且擁有自由操縱巨龍之力的技術，不會再像兒時一樣被火紋身。現在的史黛菈，不論對手擁有什麼樣的技術、力量與計謀，她都能壓制一切……她不再是區區的火術士，而是暴力的化身；她擁有絕對強者的自傲，是真正的怪物啊。」

而自己在今晚，就要對上這種怪物般的對手。

再加上，史黛菈熟知黑鐵一輝這個男人的一切。

一輝這次無法再像前次擊敗史黛菈那樣，藉由彼此掌握的情報差距，以近似偷襲的方式取勝。史黛菈不可能會讓他得逞。

史黛菈比任何人都瞭解黑鐵一輝，她深知他的實力，是身經百戰得來的。

史黛菈面對這場決戰，心中絕不會有一絲鬆懈。

一輝則必須在無處可躲的戰圈上，面對毫無破綻的史黛菈，並且正面擊敗她。

「既然如此，現在哪怕是一分一秒，我都不能浪費。」

必須比一分鐘前的自己更敏銳，必須比一秒前的自己更強。

他要不斷地琢磨自身，直到上戰圈前的最後一刻。

「這才是我的最佳狀態。」

「哥哥……」

珠雫眼見兄長露出非比尋常的緊繃神情，她的低語滿是不安。就在此時——

「哦——已經開始啦——！」

一輝等人聽見那陣熟悉的關西腔。

三人一起望向聲音源頭，房間的入口處：

「哎呀，是你們啊。」

「諸星學長！還有東堂學姊！你們都來啦！」

一輝在七星劍武祭第一戰、校內選拔賽最終戰擊敗的對手——原〈七星劍王〉諸星雄大，以及〈雷切〉東堂刀華，兩人就站在開啟的防火門前方。

珠雫望著意外的訪客，神情有些疑惑。

「為什麼學生會長他們會……？」

刀華對此，則是露出有些開心的笑容，這麼答道：

「我今天早上收到黑鐵同學的簡訊，說是希望我來幫他做賽前調整。」

「哥哥寄的簡訊？」

「就是這樣。反正我也閒得發慌，另外……我順便找同樣在旅館閒得發慌的敗家犬們一起來啦。」

諸星說完，用大拇指指指身後開啟的大門。緊接著——
「阿星你廢話就少說兩句！誰是敗家犬啊！」
「事實的確如他所說就是了。」
「嘎哈哈哈，省省唄，現在再裝酷也沒屁用啊！」
「我們又沒參加七星劍武祭，才沒有輸呢！」
「……不過我們集訓的時候一對一，還是被打得慘兮兮啊。」
緊接在兩人身後，熟悉的面孔一一進到屋內。
和諸星同為武曲學園代表的兩人——〈天眼〉城之崎白夜、〈鬼火〉淺木椛。
巨大的軀體穿過了對他來說，有些窄小的防火門——那是祿存學園代表，〈鋼鐵狂熊（Panzer Grizzly）〉加我戀司。
以及早已放棄七星劍武祭的原破軍學園代表生——葉暮桔梗、葉暮牡丹。
一輝見到一行人登場，驚訝地瞪大雙眼。
「所、所以各位都是來幫我的嗎？葉暮學姊妳們也是？」
「嘿嘿，反正我們來太早了，很閒嘛。」
「……你在集訓的時候也教了我們不少，只是想報答你而已。」
「不過我這個吃下最快ＫＯ敗仗的人，實在不知道能幫你多少。」
「我原本也想找醫生來，不過那場手術似乎花費她不少體力，再勉強她也不好。

不過……這邊的所有人都是七星劍武祭等級的人選，以賽前調整的對手來說，應該足夠了吧。」

一輝聞言，使勁搖搖頭：

「豈止足夠！各位，真的非常謝謝你們！」

「好啦、好啦，反正人家也想和傳說中的〈落第騎士〉比一場嘛。」

「那現在呢？你在我們來之前，似乎就已經先比完一場模擬戰，要稍微休息一下嗎？」

「不。」

一輝一口婉拒刀華的好意，立刻舉起〈陰鐵〉。

點燃戰意的雙瞳，一併指向一行人。

「麻煩各位……現在就開始吧！」

他的熱情馬上散播給眾人——

「「「喔喔——!!!!」」」

眾人回應一輝的戰意，紛紛顯現各自的靈裝。

◆◇◆◇◆

「唔啊啊啊啊啊啊啊啊啊啊啊！這、這是……！毒藥!?是想要暗殺我啊！可惡的〈黃昏十字軍〉(Twilight Crusaders)……！盡會使些奸詐的手段……！」

「大小姐是這麼說的：『這什麼好苦啊啊啊啊啊啊──!!』」

「……妳既然怕苦，就不要點咖啡啊。」

會場綿延不絕的人龍外不遠處，有一間咖啡廳。

咖啡從風祭凜奈的嘴角滴了下來。而莎拉・布拉德莉莉坐在咖啡廳的陽台席上，一邊喝著冰沙，一邊無奈地望著凜奈。

凜奈的侍女──夏洛特・科黛拿起手帕，為凜奈擦擦嘴角。

而三名少女的座位旁，坐著另外一人。

那是一名西裝筆挺的中年男子。

日本的總理大臣，同時也是她們所屬學園──曉學園的理事長，月影獏牙。

「話說回來，莎拉的〈色彩魔法〉(Color Of Magic)真的很方便啊。外頭這麼多人，竟然沒人看得見我們的模樣。我也想要這麼方便的能力呢。」

「就算不使用能力，也能辦到類似的事情。」

「是嗎？」

「一輝就做得到。」

「……他的方法更是難如登天啊。」

月影皺起臉上的法令紋，面露苦笑。

「不好意思，總理，是否能幫忙拿一下糖罐？」

「好啊，請用。」

月影回應夏洛特的請求，將手邊的糖罐滑向凜奈。

凜奈則是羞紅了臉：

「啊唔、叔叔，謝謝你……」

她以平常的語氣道謝，嬌小的雙手接過糖罐。

此時，凜奈突然停下動作。

她沒有將砂糖放進咖啡中，而是低頭望著手中的糖罐──

「……對不起。」

語帶歉意地向月影賠罪。

月影聞言，則是歪歪頭，回問道：

「妳為什麼要道歉？」

「因為我們所有人都輸了……」

「啊啊，原來如此。」

月影這才明白凜奈賠罪的原因。

曉學園原本就只是傭兵團。月影為了利用七星劍武祭，切斷〈騎士聯盟〉與日本的連結，經由自己的老友，同時也是〈解放軍（Rebellion）〉的〈十二使徒（Numbers）〉——風祭晄三轉介，才招攬他們。

但是他們卻全數敗在破軍學園的〈落第騎士〉與〈紅蓮皇女〉手下。

月影是相信凜奈他們，才將這個任務託付給一行人，他們卻沒有達成任務。所以凜奈才開口道歉。

不過，月影並沒有責備凜奈。

凜奈滿是歉意地低垂著頭，月影伸出手，輕放在凜奈頭上：

「我明白，凜奈你們已經盡最大的努力了，不需要這麼介意。」

「可是⋯⋯⋯⋯」

「太容易放棄可做不了政治家呢。既然曉學園失敗了，再思考別的手段達成也可以⋯⋯到時候如果還需要妳的力量，妳願意再助我一臂之力嗎？」

他溫柔地輕撫凜奈的頭。

凜奈這才抬起頭，有如花兒似地綻放笑容，點頭答道：「嗯！」

——就在此時。

「⋯⋯來了。」

莎拉望向外頭不斷向前移動的人群，淡淡低語道。

同桌的所有人聞言，也順著她的視線看去。

前方有一名女子走在擠得水洩不通的人潮中。她維持同樣的步伐，沒有推開人

群，也沒有狼狽地閃躲旁人，**如入無人之境**，悠然地穿過人群。

四人明明已經覆上〈色彩魔法〉，無人能見，女子卻搖擺著純白的長髮，筆直走向四人。

四人對此則是無動於衷。

這些行為對她來說，理所當然。

不管是見到已經隱形的自己等人；

或是輕鬆自如地穿梭在人群中；

以及這段期間，**誰也沒察覺走過自己眼前的她**。

因為，今天四人等待的那名人物——

「好久不見，莎拉、凜奈、夏蘿，還有……月影先生。」

正是世界最強的劍士——〈比翼〉愛德懷斯。

◆◇◆◇◆

「讓您久等了，這是您的特調咖啡。」

「請放這裡。」

「謝謝。」

愛德懷斯親切地笑著回禮，將糖罐拉至手邊。

接著她望向月影──

「今天真是謝謝您，還麻煩您答應我如此任性又突然的請求。」

微微低頭道謝。

她口中的「任性請求」，指的便是她今天會出現在此地的理由。

昨晚，愛德懷斯突然聯絡月影。

……她告訴月影，她想親自到場觀看七星劍武祭決賽。

「愛蒂，沒想到妳會突然對學生之間的戰鬥感興趣呢。」

「畢竟我和他也有一面之緣。」

「呵呵，〈女武神(Brynhild)〉哪，吾等針對破軍學園進行作戰行動──〈炎龍討伐戰(Beowulf)〉之時，妳似乎曾與〈無冕劍王(Another One)〉一戰，是吧？」

「炎、炎龍？」

愛德懷斯疑惑地歪歪頭，莎拉開口建議她：

「這只是凜奈的老毛病罷了，不用太認真。」

「大小姐是這麼說的：『我們襲擊破軍學園的時候，妳曾經和〈無冕劍王〉打過一場吧？』」

「啊、原來如此。沒錯，就是這麼回事。」

愛德懷斯說道，同時從糖罐撈起一匙砂糖，加進咖啡中。

「我看了電視轉播的準決賽。我沒想到王馬會敗得如此徹底……但是，我更沒料想到……天音竟然會在比賽中束手無策。」

天音的過去，以及他因為過去，對一輝產生的執著。

愛德懷斯全都一清二楚。

正因為如此，天音必定會成為一輝命運中的阻礙。

她原本是這麼認為的，不過──

「對他來說，天音根本不足掛齒呢。」

他正面否定天音的「自棄」，漂亮地擊敗天音。

「……他真是一名了不起的少年。」

「所以妳才想親自到場觀看決賽嗎？」

愛德懷斯聞言，再次撈起一匙砂糖，點了點頭。

「我看完準決賽後，便能肯定：不只是〈紅蓮皇女〉，〈無冕劍王〉也是……他已經一步步登上我們的領域（Stage）。他在準決賽之中展現出了一切，因果註定的失敗在他的體術面前，完全無用武之地；而那份強大的意志力，更是支撐他經歷無止盡的鍛鍊，才習得了這身體術。既然如此……我就不能對他視而不見──因為終將到來的動亂時刻，我可能會再次與他交手。」

「……」

「更何況……**今天抵達現場的那群傢伙**，他們也和我抱持同樣想法，可能會因此做些大膽的舉動——譬如提前排除未來的威脅之類的。」

「哦？」

月影原本看著愛德懷斯撈起第三匙砂糖。此話一出，月影便從她手邊抬起視線。

愛德懷斯並沒有看著月影，而是望向人群。

——她的眼神有如利劍，異常尖銳。

月影隨著她險峻的眼神看去，立刻察覺異狀。

人群之中有一名男人，他犀利的視線穿透護目鏡，直盯著月影等人的方向。

「那是……美國的……！」

「不只是他，各方勢力派出的特務……早已混入這座會場之中。」

月影聽完愛德懷斯的解釋，腦中回想起某個光景。

他曾經見到的，那段紅與黑的記憶。

遭火焰吞噬的東京。

城市中充斥著蛋白質燒焦的惡臭，以及黏著在皮膚上的人類油脂……

畏懼與憤怒使月影握緊拳頭，微微顫抖。他告訴愛德懷斯：

「……我為妳準備了最前排的特等席。」

「謝謝您。」

愛德懷斯再次微微低頭致意，接著端起放了四匙砂糖的咖啡，移向脣邊：

「真好喝。」

「……既然怕苦，就不要點咖啡啊。」

◆◇◆◇◆

（太、太強了……！）

淺木椛身為武曲學園三年級生，更曾經站上去年七星劍武祭頒獎台。但是當她在訓練場與眼前這名男人過招後，卻不得不讚嘆他的力量。

她是〈鬥神〉南鄉寅次郎的得意門徒，對自己劍術相當有自信。

正因為如此，她確實感受到了。

自己和眼前的劍士──〈無冕劍王〉黑鐵一輝之間，有著難以跨越的差距。

「哈啊！」

「唔……！」

雙方過招無數次後，突然響起特別響亮的敲擊聲，椛的身體彈向後方。

視野流轉的瞬間，椛看向視線的一角，三人正癱坐在地，不停地喘息。

那是率先與一輝進行模擬戰的葉暮姊妹與城之崎。

一輝在與椛交手之前，早已擊敗這三人。

而且是毫髮無傷地戰勝他們。

再這樣下去，自己也——

「淺木！拿出骨氣來！」

「〈焰幕〉……！」

椛聽見諸星的激勵，便在前方布下火焰之牆。

她雖然不甘心，但是她在刀劍戰根本贏不了一輝。

那麼就在魔法戰拿出真本事！

她轉換想法，不過——

「嘿呀!!!!」

一輝的一句吶喊、奮力一刀，一舉斬斷她的計策，以及那虛幻的決心。

一輝高高舉起〈陰鐵〉，揮刀而下的風壓撕裂迎面而來的〈焰幕〉，〈焰幕〉應聲消逝。

同時——椛的意志也隨之一刀兩斷。

（…………！）

一輝斬開〈焰幕〉之時，雙眸的光輝就如同染血的刀刃。

那對雙眸，頓時令椛心驚膽寒。

大腦與軀體，心靈與身軀，硬生生地被撕裂開來。

而一輝絕不會錯過那一瞬間的破綻。

障礙已除，一輝立刻奔向椛。

——好快。

糀雖然只畏縮了短短一剎那，她仍舊反應不過來。

雙方的正面衝突已是在所難免。不、從這個距離迴避對手的方法，唯有她的師傅・南鄉所傳授的〈抽足〉，但是——

(就算我想鑽入他的視線死角——他根本沒有死角啊！)

糀很清楚。

一輝的眼力媲美好友諸星的〈睥睨八方〉，他能將寬廣的戰場納入視野之內，不放過敵人任何一舉一動。自己的〈抽足〉技巧還不夠精細，不可能逃離那雙眼睛。

那麼——她只能在刀劍戰中正面迎戰一輝。

糀做好覺悟，在自己的靈裝〈火蜂〉纏繞火焰。

只要一擊。

只要有一擊能擦過一輝，〈火蜂〉的火焰便會化為火蛇，瞬間捕獲一輝全身。

(只要擦過一刀就好…………!?)

她下定決心，而就在這個剎那——

黑鐵一輝的身影消失在糀的視野之中。

「糟……！」

她立刻發覺，這是〈抽足〉的效果——

「啊、唔……」

而當她發覺時，一切都結束了。

一輝擦過椛的身旁，手持〈幻想型態〉的刀刃，一刀斬裂椛的身軀。

這一斬從腹部斬斷內臟與背脊，明顯造成致命傷，而與傷勢同等的體力化為赤紅的魔力光芒——〈血光〉，從椛的身軀飛散至空中。

於是，椛的身體停滯一拍後，倒落在地。

「哈、啊……！」

身軀削取了與致命傷等量的體力，疲勞突然湧上。

幻痛同時燒灼椛的腹部，她痛苦呻吟，勉強抬起頭。

「謝謝指教！」

一輝則是對椛深深一鞠躬，表示謝意。

而他方才也對其他三人做出同樣的舉動。

「啊哈、不客氣……雖然我好像沒幫上什麼忙。」

「才沒——」

「〈穿甲彈〉——————！！」

「——————!?!?」

有如砲彈的低沉嗓音，突然介入兩人的對話。

而同一時間，攻擊便從一輝的正後方死角，瞄準後腦杓而去——那是〈鋼鐵狂熊〉加我戀司的鋼鐵掌擊。

他的攻擊來得太過突然，如此野蠻的偷襲，根本不應該出現在賽前調整的模擬戰中。

椛見狀，頓時僵住。不過——

一輝本人的表情，卻是不見一絲動搖。

在這剎那之中，椛看見了。

「——這回事呢。」

一輝接著向椛道完謝後，緩慢移動上半身，從容不迫地高舉手掌，接下加我的掌擊。

對方的體型幾乎是他的兩倍。

體重更是多達四倍以上，一輝卻文風不動地承受對方的掌擊。

——這絕對不可能。

看似不可能的事，其中必有蹊蹺。

而答案就在一輝的腳下。

一輝擋下掌擊時，他腳下——訓練場的戰圈陷下一大塊，地面龜裂、破碎。

加我目擊這幕，瞬間理解。

——他轉移力道。

一輝手掌承受的衝擊並沒有在體內反彈，而是巧妙移動重心，藉著全身運動從軸心腳引導至地面。

彷彿是避雷針。

加我偷襲失敗後，打算暫且退後。一輝則是配合加我的動作，往加我的右臂**使勁一推**。

（…………！）

一輝趁著加我重心後移的瞬間，從前方再次施加力道。

更別說加我自身的體重相當龐大，這下他只能大大向後仰——

在這剎那，〈陰鐵〉從加我的斜上方一刀斬下。

「咕、唔！」

加我巨大的身軀當場倒地。

而面對倒地的加我——

「你、你怎麼能突然偷襲！到底在想什麼啊！」

珠雫則是神情大變，開口怒吼。

加我的行為的確令人難以想像。

他面對即將上場比賽的選手，竟然在賽前調整中偷襲對手，就算現在只是使用〈幻想型態〉也一樣誇張。

只見珠雫氣得要衝進戰圈中，遭偷襲的一輝卻主動制止珠雫。

「珠雫，沒關係。」

「哥、哥哥!?」

而他接下來——

「加我學長，謝謝指教。」

竟然同樣對加我表達謝意。

加我見到一輝的態度，先是訝異了一會兒，開懷大笑：

「啊、哈哈哈哈！你不但沒有任何破綻，對俺的偷襲連句抱怨都沒有啊？『常保戰場之心』，你的臉明明長得跟女孩兒似的……倒是很明白這個道理唄。」

騎士不是運動員。

因此比賽之外的時間，也要隨時集中注意力。

不論走路、睡覺、用餐，必須無時無刻保持感官敏銳。

絕對不能時鬆時緊。

要是養成這種習慣，在必要時刻肯定會出錯。

在一場戰鬥之中，局勢的變化總是來得令人措手不及。

身為一名戰士，一下緊繃、一下鬆懈的，可上不了檯面。

更何況，一輝接下來可是大敵當前。加我自己的實力完全沾不上王馬的邊，但是一輝的敵人更是強大，足以讓那樣強悍的王馬一敗塗地。

加我想告誡一輝這一點，於是在椛吸引一輝目光的時候趁虛而入。

不過——

（看來俺的忠告不過是脫褲子放屁啊。）

對眼前的男人來說，加我的好意只是多管閒事。

加我切身體會到這點，同時也確信——

「你小子還是有勝算的！」

「咚！」的一聲，加我輕搥一輝的胸膛，肯定地說道。

史黛菈的確是強敵，尤其是她的攻擊力，實在非比尋常。

但是一輝也熟知抑制、利用敵人力量的手段。

這個男人的技巧，絕不輸給那女孩的攻擊力。

至少加我經過這次交手，能夠這麼肯定。

一輝聽了加我的激勵，回以微笑——

「那麼，接下來輪到我了。」

「……！」

下一秒，宛如抽搐般的麻痺掠過一輝後頸，令他神情一繃。

一輝回頭看去，見到少女提著收進漆黑刀鞘的日本刀，緩緩走上戰圈。

〈雷切〉——東堂刀華。

一輝曾在破軍學園代表選拔賽最終賽中擊敗過她。
雖然那場勝負只決於僅僅一刀之內，對手的強大依舊鮮明地刻印在一輝腦海裡。
刀華去年的比賽成績為第四名。她的排名雖然在城之崎和椛之後，但是一輝親身體會過，刀華的實力根本不符合排名。
她的實力在這群成員當中，絕對能拔得頭籌，與諸星並列。
一輝若不仰賴能力，實在很難與之抗衡。
不過──
「如何？加上有栖院同學那場，已經是五連戰，需要休息一下嗎？」
「沒關係，不勞您費心。」
──正因為如此，才更令他熱血沸騰。
一輝以握住〈陰鐵〉的手拭去緊張的汗水，重新握緊靈裝──
「請多指教！」
接著，緩緩抬起刀尖，指向刀華。

◆◇◆◇◆

一輝舉起刀尖的瞬間，〈雷切〉同時開始行動。
她瞄準一輝，拔出〈鳴神〉，從直線距離十公尺外施放雷電形成的弦月型斬擊。

金色雷電猶如大鳥一般展翅，急速飛向一輝。

刀華在〈深海魔女(Lorelei)〉一戰中，也曾使用過這招遠距離砲火。

伐刀絕技——〈雷鷗〉。

她在比賽開始後立刻展開速攻，但終究只是遠距離攻擊。

這一擊還不足以恫嚇一輝，他馬上採取最適當的迴避。

也就是，向右大幅度側跳閃躲。

一輝藉由〈模仿劍術(Blade Steel)〉，習得〈比翼〉操控身體的技術。他只要抬起腳跟，立刻就能達到最高速。一輝輕鬆地躲過刀華的第一擊。

對一輝來說，閃躲這擊毫不費力。

但是刀華馬上二度擊出〈雷鷗〉追擊。

明明對手輕易躲過這一招，她卻連續擊出第二次。

她的攻擊當然碰不著一輝。

一輝這次朝著反方向，往左一跳，躲過第二擊。

一輝依舊毫髮無傷。

即便如此，刀華仍然施放第三次〈雷鷗〉。

她意氣用事了嗎？

答案是否。

刀華的行動有她的理由。

（這是……！）

「不愧是東堂，她看過我和黑鐵的比賽之後，察覺黑鐵的弱點了啊。」

諸星靠在牆邊，望著兩人的模擬戰，佩服地低語道。

「哥哥的弱點？」

「正確來說，東堂是看穿那套體術的缺陷。黑鐵經過我那場比賽後，能夠使用仿自〈比翼〉的〈模仿劍術〉，這套體術的特點是同時作動全身肌肉，能夠急遽從零加速到一百。大部分的人類不可能單憑肉眼捕捉黑鐵的加速行動，但是當他一行動，就只能維持在全速的狀態。」

「啊……」

諸星這麼一說，珠雫這才發覺。

刀華從剛剛開始便左右輪流施展〈雷鷗〉，逼得一輝不得不左右交互閃避。

「這樣妳就懂了吧。他只能維持在全速的狀態，所以很難緊急停止或轉彎，他每次切換方向，都會給強韌的下半身帶來不小的負擔。所以他每閃過一擊，就會越來越難閃避下一擊，最後就會無處可躲。」

諸星的解釋，逐漸在戰圈上化為現實。

一輝在閃避一開始的兩擊，還顯得游刃有餘，沒多久，他的動作漸漸顯得困滯，閃避的時機更是越來越岌岌可危。

不過——

「黑鐵大概也明白東堂的打算，他可不會乖乖被東堂釘在遠距戰。」

就如同諸星所料，一輝開始改變左右閃避的步調。

一輝望著展翅直衝向自己身前的〈雷鷗〉，放棄往側面閃避，往〈雷鷗〉直奔而去。

在攻擊即將命中的瞬間，他一個下腰，彷彿四足動物一般，從〈雷鷗〉下方滑了過去。

「好厲害……！」

「那傢伙的身體還是一樣誇張，一般人哪可能從那種隙縫鑽過去啊！」

「哥哥就辦得到！」

當一輝穿越攻擊之後——終於抵達雙方以劍相交的距離之中。

他終於進入交叉距離！

一輝一拉近雙方的距離之後，以銳利的刺擊為主體，開始施展連擊。

他的每一刺，都快得讓人無法以肉眼辨識刀路。

刀華雖然還能應付一輝的連擊，卻沒機會收刀入鞘。

刀華只要無法收刀——就不可能使出她引以為傲，交叉距離最強的伐刀絕技——〈雷切〉。

（這樣就行了……！）

一輝以典型的手段扼殺〈雷切〉，同時肯定地心想。

一輝親身體驗過〈雷切〉的恐怖。

他當初是發動〈一刀羅剎〉，將自己的一切耗盡，才勉強贏過〈雷切〉。

而現在他與史黛菈的比賽近在眼前，他要想在不發動能力的狀況下贏過刀華，只能想辦法不讓她施展〈雷切〉。

當她一使用這招，一輝就輸定了。

所以他打算就這樣封住〈雷切〉，以刀劍戰壓制住刀華……！

（行得通！論雙方的揮刀速度，是我占上風……！）

刀華的斬擊雖然鋒利，但一輝是模仿〈比翼〉之劍，她還遠遠達不到一輝的境界。

只要不演變成雙方互砍，一輝就不需要擔心刀華藉由靈裝通電。

（就這樣靠著出招次數壓制到最後！）

一輝心意已決，便使重心更加前傾，在刀上施予更重的力道。

於是——刀華原本猶如飛燕般不斷施展連斬，此時〈鳴神〉終於大幅彈向外側。

（好，她架勢亂了！）

一輝已經藉由至今的交手，測出刀華的揮刀速度。

她的劍要是從這個角度、這個位置彈開，就追不上自己的追擊。

一輝的下一擊——

（絕對能命中！就在此決勝負！）

一輝如此確信，於是他的重心更進一步前傾，施展追擊——

不、他正打算施以追擊。

但是——

（唔……!?!?）

下一秒，後頸——右側的頸動脈突然掠過一絲尖銳的麻痺感。

一輝歷經數度死境，磨練出敏銳的第六感。他的第六感正敲響著警鐘。

一輝的身軀無視於各種前提，反射性地動作——

——只見刀華的刀刃以遠超出一輝預測的速度急速飛來，他勉強地擋下這一刀。

（怎麼可能……！）

以刀華的揮刀速度，她無法做出如此快速的反擊。

一輝頓時震驚屏息。

究竟是怎麼回事？

一輝經過意料之外的反擊，開始思索。

但是刀華可不會老實等待一輝思考原因。

〈鳴神〉與〈陰鐵〉短兵相接。

刀華藉由刀刃的交接處，將雷擊灌進一輝的身軀。

「……呃！」

啪嘰一聲！〈鳴神〉與〈陰鐵〉之間火花紛飛，雷電頓時侵襲一輝全身。

對方的武器呈現〈幻想型態〉，所以電擊並沒有燒焦一輝的皮膚，卻使肌肉觸電，導致激烈痙攣、疼痛。

一輝的行動因此停滯了一瞬間。

刀華看準時機進攻——！

她迅速高舉〈鳴神〉，施展直劈。

——但這只是一輝刻意誘使刀華進攻。

(不要自亂陣腳——！)

正當刀華擺出直劈的架勢，一輝使勁喝斥因劇痛掙扎的身體。

一輝長年培養掌控身體的能力，因此他立刻操作心肌，恢復末梢神經的傳導功能。

他在短時間內重振旗鼓，以最低限度的側跳步，閃過朝著腦門劈來的一刀。

以電擊剝奪對手的行動能力，趁機使出決勝一擊。

一輝早已看穿刀華的思考，才會採取如此行動。

而他的計謀也漂亮地唬過刀華。

刀華無法中途收回直劈，破綻百出，而這對一輝來說，則是絕佳的機會——原本應該是如此。

「咕唔!?!?」

刀華的反擊再次阻卻一輝的計策。

不過一輝再次以刀接下〈鳴神〉，這次卻順利擋開〈鳴神〉。刀華或許是認為同一招用上第二次，就對一輝不管用。〈鳴神〉並未施放電擊，直接展開交叉距離的刀劍戰。

而一輝同樣應戰，兩人再次回到一開始的交叉距離攻防戰。

但是，揮刀速度明明是一輝較快，他卻壓制不住刀華。

不只如此——刀華漸漸超越一輝。

而原因當然——

（就在她的反擊裡……！）

一輝被壓制的同時，見到攻防之中的祕密。

刀華的刀彷彿重現傳說中的劍術・飛燕還巢，先是銳利回擊一斬，之後便以詭異的速度回到原位，緊接著猶如電光一般刻下斬擊的軌跡。

她在交戰的空檔夾雜著這樣的攻勢，漸漸打亂一輝的步調。

——這就是東堂刀華**為了在今年的大賽取勝，苦練至今的劍招**。在交叉距離之中構築特殊磁場，利用電磁力的引力與斥力，便能以超越肉體極限的速度收刀。她為了攻破諸星雄大自豪的超人體術〈帚星〉，精心創造出來的伐刀絕技——〈電光〉。

這一招伐刀絕技會帶給手腕（Wrist）非常大的負擔，所以無法連續施展。不過只要隨機夾雜在攻防之中，出招的速度差就能徹底擾亂對手的攻勢。而只要打亂對手的步調——就能輕易後來居上！

「哈啊！」

「唔！」

刀華的刺擊瞄準心臟而去。

一輝為了閃躲這擊，使勁向後退去，直接退到交叉間距之外。

他逃得相當的狼狽。

「哥哥……！」

刀華竟然能將一輝逼出他最擅長的距離——交叉距離的刀劍戰。

這令珠雫臉上顯現一絲震驚，諸星也同樣繃緊了臉。

這也難免。一輝習得〈比翼〉之劍後，他在交叉距離之中幾乎是無比強大。諸星曾經親身體驗過，深知那時的一輝有多麼棘手。但是現在，刀華卻能逼退一輝——

（這個女人很強……她已經遠遠超越去年的她。）

——刀華當然不打算輕易放過一輝。她立刻追上，再次施加追擊。

（黑鐵同學，你的劍術的確相當驚人。我在電視中看著你和諸星的比賽，甚至渾身起了雞皮疙瘩呢。你的劍術實在異於常人——不過！）

刀華心想。

這點程度，**對伐刀者來說是理所當然的**。

一輝單靠體術踏入這個境界，確實是非常厲害。

© Won

但這也是因為一輝身為伐刀者的才能太過低劣，才不得不專注於體術。
刀華自己或其他伐刀者，並不需要單靠體術。
他們只要使用魔力，搭配體術與能力——就能輕易超越一般人。
那麼一輝依舊有不足之處。
他如果只單靠超越常人的劍術——
（不要說是史黛菈同學，你連我都制不住啊……！）
「唔……!?」
刀華的猛攻迫使一輝陷入單方面的防禦。
既然他不能以刀身抵擋攻擊，他就只能以退後閃避攻擊，不得已地一退再退。
——而敗筆就在這裡。
「啊……!?」
一輝向後退去時，突然軸心一歪，身軀的中心跟著不穩。
發生什麼事了？
答案，就在一輝的腳下。
珠雫等人見狀，臉上一陣慌亂。
（那是、哥哥承受加我學長時的……！）
（糟了！碎裂的戰圈地面絆住他的腳……！一輝，敵人要進攻了呀！）
（不、這是——）

「哈啊啊啊啊啊啊啊啊啊啊!!!!」

正如有栖院所料，刀華認定此時為取勝之機，更加趁勝追擊。

一輝則是被毀壞的戰圈絆住腳步，不得不在身軀的中心線不穩的狀態下防禦。

鏗鏘！伴隨著響亮的撞擊聲，雙方刀身再次交鋒。

——緊接著，當然就是刀華施展的雷擊。

「～～～～！」

細小的爆裂聲與火花四散的同時，雷電的衝擊頓時將一輝握持〈陰鐵〉的右手，連同他的上半身一起彈向後方，而在這絕佳的良機——

（就是現在……！）

刀華使出殺手鐧。

她方才已經見識過一輝從電擊中回復的能力。

一輝絕對躲得過一般的斬擊。但如果是〈雷切〉，即使他能順利閃躲，超越音速的刀刃也能引爆空氣，襲向一輝全身。

在極近距離下承受這種損傷，就足以撂倒一個人了。

她沒有理由猶豫。

刀華如此確信，於是將〈鳴神〉收刀入鞘。

（咦!?!?）

不，正確來說，她只是打算收刀。

但是她辦不到。

為什麼？原因就在於——〈鳴神〉的刀鞘。

〈鳴神〉的刀尖正要收入鞘口時——

戰圈的碎片竟然夾在刀尖與鞘口之間……阻擋刀華收刀！

（～～～～～！）

就在這個剎那，刀華才頓時明白。

自己中計了。

沒錯，一輝並沒有被破裂的戰圈地面絆住。

他是為了踢起戰圈的碎片，才故意將腳尖卡進龜裂的地面中，並且配合因觸電仰起的上半身，將碎片踢進刀鞘與〈鳴神〉之間。

一輝藉此阻礙刀華收刀，同時刀華也因此毫無防備，陷入致命的破綻中——

「啊、哈——」

就在這個瞬間，一輝重新掌控住身體，一刀劃過刀華的喉嚨。

◆◇◆◇◆

刀華受到致命傷，察覺自己的意識即將與身體一同倒下。

但是她以強韌的精神力撐住單膝，對著俯視自己的一輝說道：

「……沒想到你會用這種方法破解〈雷切〉……」

「不過這種奇襲只能用一次。」

刀華聞言，則是露出苦笑說道：「你不用謙虛。」

以戰圈的碎片阻止刀華收刀，確實只能算是奇襲，不可能再使用第二次。

但是，他那靈活的想像力，使他看穿〈雷切〉後突發奇想，想到利用戰圈的碎片；

他巧妙的執行能力，讓他能一邊進行激烈交鋒，一邊不動聲色地誘導對手走至預定地點；

其中最突出的，便是一輝那神乎其技的技巧。自己的雙眼能夠直接讀取對手的生理訊號，而他竟然能完美騙過自己的眼睛，在自己的眼底下執行他的計謀。

正是一輝的這些能力，讓他能夠存活於各種局面。

——一輝並不是只靠劍術支撐著自己的強大。

他並不拘泥於劍術。

他的眼界寬廣，時時刻刻都為了勝利，思索最適當、最好的計策。

(耽溺於劍術的人，反而是我自己呢。)

「真不愧是黑鐵同學。我明明是來協助你賽前調整，反而從你身上學到不少呢。」

「沒這回事，我只是因為天生拿到一手爛牌，才不得不用這種方式戰鬥……東堂學姊，真的非常謝謝您的指教。」

「不不不，我才要說謝謝呢。這場模擬戰真的相當有意義，謝謝你。」

「不，請別這麼說——」

「啊——好了好了，少在那裡謝來謝去了，你們還真是打從骨子裡就是個日本人啊。黑鐵，快點過來。」

某種硬物突然輕輕撞上一輝的背部。

那是諸星的靈裝——〈虎王〉的槍尾。

「你的贏法雖然很有趣，但還不到意外的程度啊。你要是對我使出同樣計謀，我可是會狠狠反咬一口喔？」

一輝聞言，轉而面向諸星，微微點頭：

「我想也是，畢竟你和我一樣狡猾呢。」

「哈哈，那當然，本大爺可是浪速的商人啊。」

諸星聽到一輝的調侃，哈哈笑了兩聲，接著輕巧地反轉〈虎王〉。

他將槍尖指向一輝：

「最後的對手就是我。你今天還有比賽，我也不好動用〈虎噬(Tiger Bite)〉。不過呢，嘿嘿嘿，看你似乎累得差不多了嘛？就讓我趁這個機會，連本帶利討回第一輪比賽的帳吧。做好覺悟沒？」

諸星奸詐地笑著。

不過，人雖然能控制表情或言語，卻無法控制雙瞳中顯露的情感。

一輝讀出諸星眼中的暖意，他真心感謝諸星，舉起刀尖：

「請多指教。」

◆◇◆◇◆

一輝與諸星的模擬戰緊接而來，但是這場戰鬥的開頭與刀華戰大不相同，相當寧靜。

但這也是理所當然的，諸星和一輝一樣，都是以體術為主的騎士。

他並不會像刀華的做法，主動挑起遠距離外的魔法戰。

基本上，直到一輝進入長槍的攻擊範圍內，他都不會主動進攻。

（——他故意讓人產生這種誤會，實際上卻會把槍投擲出去呢。）

即使一輝還沒踏進諸星的攻擊範圍，仍然不能有絲毫大意。

一輝一邊提防諸星的攻擊，一邊以諸星為中心，在四角形的戰圈中繞著諸星移動。

這段期間，諸星的視線完全沒有離開一輝。

低垂的〈虎王〉槍尖，也始終瞄準一輝的心臟。

（就算是第二次與他對峙，還是感受得到沉重的壓迫感呢。）

一輝完全找不到進攻的空隙。

（看來這次沒辦法再像第一輪比賽那樣，以速度擾亂他了。）

一輝很清楚。

七星劍武祭第一輪比賽，他當時贏得有多麼驚險。

他當時的贏法與其說是靠實力取勝，其實比較接近出其不意。諸星不夠熟悉一輝，而一輝也成功在諸星習慣他的速度之前，給予諸星大量出血的刀傷，才因此取勝。

事前的嚴重出血，導致血液不足以流通至末梢神經，視力降低，諸星的雙眼就更追不上一輝急遽的加速。

但是現在的諸星不一樣。

他的身體狀況完美無缺，最重要的事，他已經得知一輝能使用〈比翼〉之劍。

那麼單憑速度攻擊這樣的對手，太危險了。

（雖然如此──）

沒錯，雖然如此。

總歸來說，這場比試和刀華的比試沒兩樣。

不論比試多麼危險，一輝能選擇的手段依舊不多。

他只能在自己的領域──刀劍的距離之中，一斬定勝負。

除此之外，他別無選擇。

既然如此──

（不要害怕對手。）

諸星的壓迫感確實很沉重。

但一輝要是這點程度就感到恐懼，就更不可能踏進史黛菈的領域之中。

既然自己的勝算只存在於敵人的胸懷之間——

（不要害怕，上吧！）

一輝喝斥自己的心，急遽加速，朝著諸星奔去。

諸星見狀，則是深吸一口氣：

「去！」

接著他朝向踏進長槍範圍中的一輝，轉瞬之間施展三次必殺刺擊。

在一拍之間施展三次刺擊。

這是諸星的高速刺擊——〈三連星〉。

一輝對此，也使出媲美電光的快速斬擊，其殘光甚至快到肉眼無法辨識。

鋼鐵流星從天而降。

他一一撥擋開來，繼續前進。

不過——

（這、是……！）

他想前進，卻無法前進。

諸星無數次施展〈三連星〉，刺槍形成的驟雨迎面而來。

這片槍雨的速度與密度，遠遠超越之前比賽中的攻擊。

一輝是動用〈比翼〉之劍，才勉強能夠抵擋。

「黑鐵，嚇到了吧？」

「……！」

「第一輪比賽的時候，我只是將〈三連星〉當作〈虎噬〉的誘餌罷了。我故意減緩速度，讓你能彈開槍頭前進。不過，我只要不夾雜〈帚星〉，不動用〈虎噬〉，單純追求快速，我也能做到這種程度的刺擊。你要是能鑽過來，就試試看啊！」

「唔……」

他的語氣滿是自信。

但是他絕不是對自己過度自信。

諸星的突刺，可沒這麼容易攻破。

（我幾乎看不出他收槍的空檔。這與其說是〈三連星〉，用〈流星群〉來形容還比較貼切啊。）

落下的鋼鐵流星，幾近密不通風。

他要想直線闖過如此槍陣，簡直難如登天。

於是，一輝在此動用自己的劍術。

以緩急夾雜的高速跳步左右移動，製造出殘像擾亂敵人。

第四祕劍——〈蜃氣狼〉。這招祕劍在第一輪比賽時，曾讓諸星吃盡苦頭。

一輝藉此逼迫諸星二選一——

「少看扁人啦！」

「!?」

諸星瞬間打破一輝輕率的預想。

一輝施展〈蜃氣狼〉，將殘像留置於右方，正要移動至左方的剎那——〈虎王〉尖銳的槍尖彷彿彎曲似的，改變方向，毫不猶豫地追上真正的一輝。

一輝在千鈞一髮之際，以劍撥擋槍尖，不過——

「喔啦——!!」

「咕、唔！」

諸星直接使勁揮動〈虎王〉，將一輝的身軀狠狠掃向戰圈邊緣。

一輝在臨危之際勉強做出受身。諸星露出無畏的笑容，對一輝說道：

「你太天真啦，你的腳尖會先往留下殘像的地方踏去。我早就看穿你那招的預備動作了，同樣的招數碰上一流的戰士，可就完全不管用囉。」

「……咦？牡丹，他好像已經中招過兩次了吧？」

「那就是他輸掉第一輪比賽的原因啊。」

「也就是說，他是二流囉？」

「吵、吵死啦！外場的安靜點！」

諸星聽見外場的調侃，不禁開口抱怨。

但是他在這段期間，仍然沒有放鬆對一輝的戒備。

一輝在心中佩服諸星，同時也知道自己不會就這樣結束，他握緊劍——

（我在長槍範圍中，還有能出的手牌……！）

再次衝向諸星。

「你還真是學不乖……雖然我很想這麼說，不過你也只剩這招可用啊！」

諸星再次在長槍的範圍中應戰。

對手在距離之外時，不刻意追擊，但是當對手一踏進自己的攻擊範圍，立刻猶如烈火般進攻。

諸星基本上比較偏好**伺機而動**的槍術。

——一輝則是利用他這點。

當自己接近之時，諸星使出的第一擊——

（我就以〈毒蛾太刀〉對付他！）

從斜下方揮出一斬，第六祕劍——〈毒蛾太刀〉。

以靈裝為媒介，將震動打進對手的肉體，從內側破壞敵人的軀體。

這是以劍施行的滲透勁。

這一招和〈蜃氣狼〉不同，諸星還沒見過這一招祕劍。

因此這一擊必能無條件命中——

「才沒這麼簡單咧。」

「……!?」

下一秒，一輝震驚地瞪大雙眼。

當他往斜上揮出的〈毒蛾太刀〉即將接觸〈虎王〉的瞬間。

諸星迅速收回槍尖。

一輝的攻擊揮空，破綻大開。緊接著——他再度出槍刺向一輝！

「鬼才會吞你的毒餌啦！」

「唔、喔喔喔喔喔喔喔!!!!」

緊接著體力的光芒——〈血光〉紛飛，消散在空中。

諸星的一擊命中一輝。

但還不到致命傷的程度。

〈虎王〉的槍尖微微擦過一輝的側腹。

〈虎王〉即將命中的最後一刻，一輝以〈陰鐵〉的刀柄尾端敲向〈虎王〉的槍刃，硬是錯開攻擊軌道。

一輝趁機立刻逃向長槍的範圍外。

「你還是老樣子，鬼主意一大堆。」

「……為什麼說是毒餌？諸星學長應該還沒見過這一招才對。」

「因為你的重心不自然地留在後方，總覺得不太妙啊。」

「──原來如此。」

一輝不禁苦笑。

一輝觀察對手的動作，是專注到幾乎要在對手身上燒出洞的程度。但他似乎還是有漏看的地方。

同時，一輝也明白了。

（期待對手出錯的戰術，完全不適用於這個人。）

或許因為是模擬戰，諸星並沒有背負太多壓力，他的集中力完全是無懈可擊。

他的臨戰狀態相當自然，讓一輝完全找不到破綻。

既然如此──……他現在能做的只有一件事。

一輝下定決心，正面舉起〈陰鐵〉，雙眸直視諸星。

「──」

一輝的視線、架勢──

（……怎麼回事，壓迫感的質量改變了。）

諸星不愧是身經百戰的豪傑，他的戰鬥直覺立刻從中察覺某種異狀。

（前腳也緊密貼在地面上，那個樣子沒辦法衝刺吧。）

就如同諸星的觀察，一輝第三次前進的模樣和至今完全不同，相當緩慢。

他正舉〈陰鐵〉，步伐舒徐，緩緩而行。

「怎麼啦？突然慢得像烏龜一樣，你要是就這樣走進我的攻擊範圍裡，瞬間就會被刺成蜂窩囉？」

「────」

一輝對諸星的話語毫無反應。

他無視諸星──並非如此。

（他只是單純沒聽到──**他聽不見**。）

諸星觀察一輝的眼神，了解他的狀況。

他對於聲音完全沒有反應。

一輝只是筆直注視著諸星，一步又一步地走近。

（……將集中力提高至極限以上，就聽不見周遭的聲響，也無法辨識顏色。我也曾經體會過那種**境界**，不過……）

假如是眼前這個男人，他搞不好能**隨心所欲地踏進那個領域**。

問題是，他大幅度提高集中力，究竟有何打算？

就在諸星思考的同時，雙方的距離慢慢拉近。

──於是，一輝的腳尖終於侵入諸星的領域。

下一秒──

（嘖、不要猶豫！不管是他還是我，能做的事只有一件！）
諸星行動了。
他施展以速度為重，猶如暴雨的鋼鐵連擊。
一輝則是和方才一樣，以〈陰鐵〉彈開飛來的槍尖。
敲擊聲不斷，火花四散，畫面和剛才幾乎一模一樣。
但是——
「……⁉」
諸星握住〈虎王〉的手感受到了。
眼前的敵人，異常沉重。
彷彿深植大地的大樹。
不論他使出多少刺擊，一輝都不再像剛才一樣退後。
但是他也沒有往側面逃。
他的雙瞳直盯著諸星，步伐緩慢，卻踏實地前進，一步、又一步。
「……‼」
諸星見到一輝的身影，頓時理解一輝的想法。
（這傢伙根本沒有打什麼如意算盤……！他只是捨棄現在不需要的感官，甚至將作動身體的力氣減低到最小，把所有的集中力聚集在劍上……！他把自己的一切寄託在劍上，打算以實力從中央突破我的攻勢！）

半吊子的計謀或小手段，對眼前的對手是起不了作用的。

一輝明白這點，於是他將自己的一切，託付在自己琢磨至極限的劍上。

──他清楚自己的弱小，所以會利用眼前所有的事物來取勝；

他有著這樣的才智，但另一方面──

──他膽大於天，堅信自己的強大，所以在碰到緊要關頭時，他能相信自己的實力。

乍看之下，這兩種精神相互矛盾。

但同時擁有這兩種意志，才構成〈落第騎士〉──黑鐵一輝。

他深知自己的弱小。

卻也堅信，自己比任何人都強大。

因此他嘗試自己能做的一切。

最後將這一切，寄宿於雙手中的漆黑刀刃。

因此，黑鐵一輝不再退後，不再逃跑。

自己一定辦得到。

他如此深信著，於是緩慢卻實在地接近諸星雄大，一步又一步縮短彼此的最短距離。

他並非抱著必死的決心，也非自暴自棄。

他只是有著堅定的信心──深信自己的必勝。

一輝散發出的氣勢驚心動魄——

「唔!?」

他的氣勢確實壓迫著諸星，逼得他開始退向四角戰圈的角落。

「哥哥太厲害了！竟然能逼退那個強悍的諸星學長！」

「緩慢，但確實地向前邁進。他散發出的氣勢實在讓人無法招架呢。」

「沒有錯，而且……黑鐵同學的架勢也非常出色。」

「什麼意思？」

「他面對諸星，他的刀不偏不倚，漂亮地維持在正面的正中線上。進攻者碰上這樣的架勢，也是很難出手。畢竟敵方的刀身完美地護住正中線，非常難攻破，再加上他的身軀幾乎沒有偏移，當諸星要瞄準致命弱點時，大多只能從同樣的位置、同樣的角度進攻，諸星就不得不多次重複同樣的行動模式，於是到了最後——」

下一秒，紅光飛舞在戰圈中。

一輝的四肢散落著〈血光〉。

但那全都是細小的擦傷。

而這就是刀華指出的「結果」，諸星自己當然也明白個中道理。

（我讓他見識太多次自己的行動模式了！這樣他就能調整(Adjust)擊落攻擊的力道與角度……！）

沒錯，只要對手重複越多次同樣的攻擊，一輝就越能看穿對手。

他能仔細地讀取一切——包括擊落刺擊所需的力道、角度、速度。

而現在一輝分析這些資訊，將自身的攻擊調整到最佳。

他將防禦的動作縮減至極限，在最低限度內撥擋攻擊，對手的攻擊絕不會造成致命傷。於是，一輝能比至今的攻防，更加逼近諸星……！

他再度前進，更加深入、更加快速——

「諸星背對著角落，自然漸漸焦急起來。而他的焦急，會令他使出過於勉強的攻擊……！」

而刀華的預言——

「混蛋！」

就在下個瞬間，成真了。

一槍又一槍銳利的刺擊，恍若閃光似地飛向一輝的要害，而其中——

諸星心中一急，手肘過度用力，無法充分「收槍」，不慎混入過於粗糙的一擊。

由於諸星注意力渙散，導致這一槍的力道不足，準頭也不夠精準。

而一輝——

「————!!」

絕不會錯過這個破綻。

「完了……！」

等到諸星注意到自己失手時，一切都為時已晚。

一輝配合那一槍大步向前，**讓長槍貫穿自己的肩膀**。

他以自己的肉體封住〈虎王〉，摘下諸星反擊的嫩芽。

「哈啊啊啊啊啊啊啊啊阿————!!!!」

他的肩膀扣住〈虎王〉的槍柄，直線衝進諸星的胸懷之中，一刀刺中諸星的心臟。

◆◇◆◇◆

「啊——我又輸啦——！」

諸星被一輝刺穿心臟，放聲大叫，接著無力地呈現大字型，倒在地板上。

「可惡，我還以為我這次能贏咧。」

「要是、真正的、比賽……我可沒辦法贏得這麼簡單啊。」

一輝氣喘吁吁地說道，而他的話絕非謙虛。

事實上，今天這場戰鬥，諸星顧慮到一輝魔力稀少，沒有動用〈虎噬〉；而其他人也一樣，面對今天還有重要比賽的選手，他們實際上並沒有拿出真本事，但他們也盡了自己的一份心力。

一輝自己最清楚這點。

所以他對諸星，以及今日所有聚集在此的好友們，衷心表示謝意：

「諸星學長，還有各位，真的非常謝謝你們。你們讓我在與史黛菈一戰之前，獲得很豐富的收穫。」

「道謝就免了——你就用優勝來報答我們就好啦。」

「……您這還真是獅子大開口啊。」

「怎麼，沒自信啊？」

諸星坐起身，這麼問道。一輝沉默良久，緩緩點頭：

「說實話，這場戰鬥或許會是我短暫的人生中，最嚴苛的一場戰鬥。我實在很難說自己有自信能贏……不過我會盡力——」「你這樣不行啊，蠢材。」

一輝話說到一半，諸星便拿起〈虎王〉的槍柄，輕輕戳戳一輝的頭。

接著，他開口斥責一輝：

「你一直努力奮戰，好不容易才拿到舞台的機會，怎麼能抱著半吊子的氣勢上台啊……不論你的對手有多強，你得抱著百分之百必勝的決心站上戰圈，再沒自信也要給我擠出自信來。比輸的事，等到比輸再來慢慢想，反正你要是輸了比賽，到時候你的腦子大概也只剩這件事可想了。」

「諸星學長……」

「少說那些喪氣話，假如你真的沒自信，我就奉陪到你有自信為止。」

在場所有為一輝而來的人，也默默肯定諸星的話語。

所有人都和諸星有著同樣的想法。

「……既然您都說到這個份上，我就不客氣了。能請您再陪我一場嗎？」

「嘿嘿，那就稍微休息一下，等一下再來一輪吧。」

「好的，非常──」

就在此時──

「嘰──」訓練場的防火門發出低沉的聲響，打了開來──

「「──!!」」

緊接著，猶如寒風刺骨的寒氣，頓時拂過在場所有人的肌膚。

他們立刻察覺了。

這並非寒氣，而是鋒利且凜冽的劍氣。

而其中一部分人非常熟悉這股劍氣。

該不會是──

他們這麼心想，望向門邊。那個地方──

「你們怎麼回事？怎麼一個個都一副蠢樣子？」

一名身材高大，留著一頭長髮的男子，用他彷彿猛禽一般的銳利雙瞳睥睨一行人──

那是〈烈風劍帝〉——黑鐵王馬。

「王、王馬⁉」

「為什麼你會……⁉」

一行人見到這名意想不到的人物，臉上盡是藏不住的震驚。

王馬則是抓起肩上的麻袋，那似乎是他的行李。他將麻袋扔向地板：

「……我會來這裡，原因應該和你們一樣。我收到那傢伙的簡訊，說是想在決賽進行賽前調整，需要對手。」

「咦？哥、哥哥，是這樣嗎？」

珠雫驚訝地回頭一看，一輝則是點了點頭。

王馬說的是事實。

一輝除了諸星和刀華以外，也發了簡訊給王馬。

不過他原本是不抱期待的。

他不認為王馬會願意為自己而來。不過——

「……沒想到大哥真的會來這一趟，嚇我一跳呢。」

「我今天原本的行程就是決賽的賽程，只是現在空下來罷了。而且……我也想看看你現在的實力。」

「我的、實力？」

「這場比賽終究是F級對上A級，你原本就註定會敗北，所以我對比賽的勝負沒半點興趣。不過……你那半吊子的力量，原本是很難存活在比賽之中。假設你想用那渺小的力量面對那頭『巨龍』……我做為你這蠢弟弟的兄長，有義務在你送死之前，先折斷你那把鈍刀。」

王馬這麼說完，全身掀起風暴的魔力，聚集在自己的右手上──顯現出大太刀型的固有靈裝〈龍爪〉。

「……！」

〈龍爪〉現形的同時，王馬周身的劍氣又更添一分銳利。

珠雫將之視為危險，立刻擋在一輝身前。

不──正確來說，是她想站出去保護一輝。

不過一輝伸手搭住珠雫的肩膀，阻止她。

珠雫的雙眸擔憂地搖曳著。一輝說句：「沒關係。」接著走到王馬面前。

「大哥，謝謝你願意來這一趟。」

「我不是來陪你閒話家常的。廢話少說，快點舉刀。」

（他還是老樣子，態度有夠差。）

一輝面露苦笑，但是當他站到王馬面前的瞬間，眼前這個男人的那股氣勢依舊令他心生畏懼。

（真是驚人……）

唯有與他面對面，才會感受到那股威壓。
王馬的身軀看似大上兩倍。
王馬的存在感，明顯就高了諸星或刀華整整一個層級。
掌心滲出汗水。
但是一輝並不打算退下。
——王馬方才的話，就算他是認真的，那也無所謂。
因為……正如他所說，假設他無法擊退王馬，就更不可能贏過史黛菈。
這個局面，一輝求之不得。
一輝即將面對與史黛菈的一戰，身體卻不由自主地畏懼、退縮。要想振奮這具沒用的軀體——沒有人選比王馬更合適。
一輝擦去手汗，再次握緊〈陰鐵〉，說道：
「請多指教……！」

◆◇◆◇◆

比試開始的暗示一出口，王馬率先行動。
和服的衣襬隨風擺盪作響，同時他迅速拉近與一輝之間的距離。
而一輝見狀，沒有在原地等到王馬進攻。

他主動蹬地前進，迎擊逼近的王馬。

不過一輝當然不會笨到與王馬正面對峙。

一輝很清楚，王馬透過胡來的特訓，得到超人般的肉體與強勁臂力。

因此——

「那是……！」

在戰圈外觀戰的諸星隨即察覺。

一輝一踏入大太刀的攻擊範圍，隨即改變步伐，前進時的步調產生急遽的緩急變化。

諸星相當熟悉這個動作。

藉由步調快慢蒙騙敵人的視覺，**在自身的前方留下殘影**。

一輝將〈蜃氣狼〉布設在前後方。

而就如一輝所計畫，王馬中了殘影的圈套。

他高舉〈龍爪〉，一口氣朝一輝頭頂揮下，一刀兩斷。

但是，他斬下的一輝只是殘影——

——於是王馬最無防備的瞬間，便暴露在緊接而來的真人面前。

「命中了……！」

諸星總之先認定一輝拿下第一擊，興奮地握緊拳頭。

但是——一旁的〈雷切〉拿下眼鏡，瞇起雙眼：

「不、他並沒有命中。」

她開口指正諸星的錯誤。

因為刀華透過王馬全身的神經信號，理解他接下來的動作——

「！」

王馬並未收回揮下的劍，而是直接往斜下方揮滿刀。

緊接著，王馬順勢**以肩膀撞上**即將揮劍的一輝。

「肩擊……！他早就看穿〈蜃氣狼〉了啊！」

一輝則是以原本即將揮下的〈陰鐵〉為盾防禦。

不過，王馬的體重遠比外表來得重上許多。

近五百公斤重的男人全力撞擊，所引發的衝擊已經是十足的凶器了。

「……！」

撞擊引發的沉重聲響，幾乎不像是人類互撞的聲音。一輝猛地彈飛到後方，一陣踉蹌不穩。

此時王馬更是猶如烈火般襲來。

他完全不給一輝站穩的空檔，斬擊與突刺接連不斷。

好快。

硬要舉例，就好比是諸星的〈三連星〉。

王馬就保持無氣狀態，十次、二十次，毫不間斷地進攻。

驚人出招迴轉率——珠雫知道這個招數。

「旭日一心流・烈之極——〈天津風〉……！」

「那是啥？」

「那是以總數一百零八擊組成的連續攻擊（Combination），黑鐵家代代相傳的旭日一心流奧義。」

從第一刀到第一百八十刀，每一刀都仔細設定好攻擊角度與強度，以連擊來說非常有效率。

而將這招重複上千次、上萬次，**從中除去思考**，將招數的細節一一刻印在體內，便能發揮出肉體極限的最大速度，以壓倒性的出招次數扼殺對手。

「這個技巧最適合用在對手架勢不穩時，一舉擊敗對手……！」

「可是一輝是因為偷學他人的劍術，才慢慢變強的，不是嗎？既然那是黑鐵家相傳的劍術，一輝當然也知道如何破解吧？」

「……我不清楚，那劍術對我來說，級別過高。不過……即使哥哥知道如何破解，他遭受如此激烈的攻勢，也無計可施啊……」

正如珠雫所說，王馬的斬擊太過迅速，一輝完全無法轉守為攻。他甚至無法持刀進攻，只能一味地苦於閃躲、卸除王馬的猛攻。

〈天津風〉的主要目的，就是逼對手陷入守勢。

以過剩的高效率、高速度連續攻擊，緊緊扣住對手，使之無法動彈。

現在，一輝完全跌入王馬的陷阱。

表面上，看起來是這麼回事。

不過——

（他還在找機會……）

東堂刀華見到一輝的雙瞳中，蘊含著聰穎的光芒。

他絕不是迫於守勢，也並非遭到壓制。

他在等待某個機會。

——那就是〈天津風〉的破綻。

一種技巧即使歷經長久歲月，不斷分析、重組，終究只是人類編織出的技巧。

世界上沒有一種技巧是完美的。

既然並非完美，〈落第騎士〉有如照妖鏡般的觀察力，絕對不會放過那細微的破綻。

更別說是**黑鐵家劍術**。那可是他在這個世界上，最有機會觀察的一套劍術！

「————」

剎那之間，猛然響起尖銳的刀劍敲擊聲，戰局終於有了動靜。

敲擊聲過後，架勢先潰散的是王馬。

一輝揮出的一刀是——第七祕劍〈雷光〉。

〈雷光〉在一輝學會〈比翼〉的〈模仿劍術〉之前，其揮刀速度就已是快得無法辨識。〈落第騎士〉最快的一擊，經過〈比翼〉之劍淬鍊過後，在瞬息之間斬入〈天津風〉的破綻——第五十七刀與第五十八刀的銜接空檔——刀身狠狠敲擊〈龍爪〉的刀腹，中斷連擊。

王馬的連擊在意料之外的狀況下遭到中斷，架勢不穩。於是，一輝趁機施以全力一擊。

足以劈開軀體的袈裟一斬。

諸星見到一輝的動作——頓時驚覺。

（那個重心的施力方式，就是和我那時候一樣的——）

第六祕劍——〈毒蛾太刀〉。

不論對手以劍或鎧甲承受攻擊，刀勁便會藉由刀身觸及的地方湧入，從內部破壞肉體。

王馬的鋼鐵肉體在此招面前，毫無意義。

而王馬在不知情的狀況下，不作防御，直接以結實的肉體承受一輝的攻擊——刀勁就從內部進入彷彿水袋一般的人體，打擊人體內部。

衝擊鑽入王馬體內，肆無忌憚地蹂躪著肌肉、骨髓、內臟——

「〈天龍甲冑〉。」

「……！」

但是王馬毫不在乎。

〈毒蛾太刀〉並未失敗。

刀上的劇毒確實走遍王馬全身。

不過，王馬無動於衷。

簡而言之，這就是黑鐵王馬的恐怖之處。

超越肉體的精神力。

恍若鋼鐵的目的意識，讓他能夠忍受形形色色的苦難，貫徹初衷。

一點小疼小痛，這個男人根本不會放在心上。

王馬的身軀文風不動，他甚至沒有吐出一絲呻吟，直接發動伐刀絕技——〈天龍甲冑〉，以暴風之鎧包覆住全身。

下一秒，衝擊透過觸碰王馬胸膛的〈陰鐵〉，直接襲向一輝。一輝彷彿被狠狠揍了一拳，直接彈飛向後方。

一輝的身體如同被車撞飛似的，飛舞在空中。

而身在遠處的王馬瞄準一輝的墜落點——揮動〈龍爪〉，橫向揮出一斬。

刀刃演奏出銳利的破風聲，釋放出真空風刃。

而風刃正好朝向著地的一輝飛去，即將一刀斬下他的首級。

但是一輝卻沒有選擇迴避這擊。

「呼。」

一輝將墜地時的衝擊轉化為屈膝的力道，壓低身軀。

接著，彎曲到極限的下半身，一口氣解放所有肌肉的彈力——！

一輝使勁蹬地，力道大得幾乎能挖開戰圈地板，他伸出〈陰鐵〉的刀尖，推向飛來的〈真空刃〉。

第一祕劍——〈犀擊〉。

這招突刺在〈無冕劍王〉擁有的七種原創劍術之中，擁有最快的衝刺力與最強的突破力。一輝以這記突刺，直接破壞〈真空刃〉後——順勢瞄準王馬，宛如箭矢一般飛去。

王馬藉著〈天龍甲冑〉拉開距離，可能是打算進行遠距戰鬥。不過一輝的速度完全擊潰王馬的計策。一輝在意想不到的時機衝進攻擊範圍裡，王馬無法應對——本來應該是如此！不過……！

（不好！）

一旁觀戰的刀華等人渾身一震。

同時一輝也目睹了那一幕。

一輝擊碎〈真空刃〉，歪斜的空氣消失之後，就在他的視野之中——王馬往一輝的方向奮力舉起〈龍爪〉，幾乎舉至身後。

這裡的所有人都知道，王馬的架勢將會施展什麼招數。

旭日一心流・迅之極——〈天照〉。

以全身的肌肉扭轉關節、骨骼，將骨骼與關節回歸正位時的彈力加諸在斬擊之上。雖然只有僅僅一刀，但這一刀和一輝的〈模仿劍術〉不同，是〈烈風劍帝〉真正抵達〈比翼〉境界，最為快速的一擊。

而〈天照〉的攻擊範圍並非遠距離，而是近距離。

沒錯，王馬知道。

他知道一輝會突破〈真空刃〉，並且立刻回到刀劍戰的距離中。

王馬看穿一輝的打算，積蓄力量等著一輝到來。

這對一輝來說，無疑是最糟糕的發展。

〈犀擊〉是突擊的技巧，從蹬地的第一步就使盡全力，將自身化為箭矢射向目標。

因此，一旦發動〈犀擊〉，就不可能中途停下。

一輝唯有向前邁進。

而王馬的〈天照〉不論攻擊範圍、速度，都遠遠超越〈犀擊〉，在一輝的刀刃觸及王馬之前，〈龍爪〉必定會斬下一輝的首級。

但是——

一輝可沒有這麼好對付。這點程度的絕境，他當然有辦法臨機應變。

「「什……!?」」

下個瞬間，所有觀戰的旁觀者都目瞪口呆。

王馬施展〈天照〉的剎那間，一輝放低〈陰鐵〉的刀尖，刺進地面。

〈犀擊〉因此中斷，一輝彷彿撐竿跳似的，借力跳過〈天照〉，彈向王馬的頭頂，接著——

一輝**踢碎天花板**，朝著王馬再度施展〈犀擊〉。

〈天照〉是將一切貫注於單一攻擊的速度之上。

因此，王馬揮刀完畢後會產生極大的破綻，他無法閃避這次〈犀擊〉。

——直接命中！

〈犀擊〉從極近距離貫穿暴風鎧甲〈天龍甲冑〉，刺中王馬的鎖骨上方。

而且一輝並非隨便刺中這個位置。

一輝從王馬的動作解析他的肌肉形狀與密度，使刀刃能穿過肌腱刺入體內。

因為一輝深知，以他的攻擊力是無法貫穿王馬的身軀。

他的判斷相當正確。

即便是刀華的〈建御雷神〉，也無法撕裂王馬的肉體，大概只有史黛菈等級的攻擊力，才能靠著一般斬擊斬傷王馬。

不過，一輝的計畫失敗了。〈陰鐵〉的刀刃沒有斬斷肌腱，成功穿過隙縫刺進王馬的肉體；就在刀刃觸及致命傷之前，王馬便隆起自身的肌肉，膨脹的肌肉夾住刀刃，承受這一擊。

一輝一發現出師不利，立刻拔出刀刃——

——但是他這次失手的代價非常重。

緊緊一揪。

只見一輝還來不及著地，王馬粗壯的手臂立刻捉住一輝的衣襟——

接著狠狠砸向地面。

「～～～～！」

一輝的身體深深陷入堅硬的石製戰圈裡。

一輝勉強做出受身，將衝擊轉而導向戰圈。不過一輝卻因此單膝跪地，情勢非常緊迫——

——王馬此時竭盡全身重量，一刀揮下。

一輝也同樣揮動〈陰鐵〉，試圖抵銷攻擊。

但是他現在的姿勢太過不利。

現在的他不可能承受王馬的重擊——

「哥哥————！」

王馬的全力一劈徹底壓垮〈陰鐵〉與一輝。

——看似如此情景，但就在下個剎那，每個人都見到眼前難以置信的狀況。

下一秒，王馬反而被大力彈飛至遠處。

王馬立刻施力在腳掌上，試圖停下，卻無法停止。

他就這樣一邊刮削戰圈表面，一邊退後。

他即使將〈龍爪〉刺向戰圈，仍然止不住衝力——

——於是，王馬整個人被擊退至戰圈之外。

◆◇◆◇◆

一輝在這一回合，確實是處於下風。

但實際上退往後方的卻是王馬。

戰圈外觀看比試的人們不禁為此感到疑惑。

「剛、剛才的究竟是……」

「不、不清楚……」

實力到了諸星或刀華這個層次，就不會錯估對手大致上的狀態。

正因為如此，他們才更顯得困惑。

方才的一擊，明顯超越一輝的最高攻擊力(specs)。

剛剛他們的面前究竟發生了什麼事？

他們再怎麼思考，也找不出答案，只能屏息直盯著被推向戰圈外的王馬。

現在，只有一個人理解剛才的狀況。

別無他人，正是遭到擊退的王馬。

他感受著手臂的麻痺，明白前因後果，輕蔑地瞪著一輝，眼中是滿滿的不悅。

「……無聊的詐術，很像是你會幹的事。」

「但是大哥退後了。」

「———」

「我的劍術不是為了變強，而是為了取勝。所以我會盡我所能，使盡任何能動用的方法取勝。而且，**我就算面對比自己強大的對手，也必定能取勝**。這對大哥來說，或許只是區區詐術，但這就是**最弱**的我所得出的答案，是黑鐵一輝獨有的劍術，我不需要為此感到羞愧。」

一輝直視著王馬飽含侮辱的輕蔑眼光。

他光明正大地挺起胸膛，問心無愧。

王馬見到一輝的模樣，默默心想。

——他無法理解，也不打算理解。

但**這副模樣**，或許也稱得上是一種強大。

既然如此——

「你光靠著那雕蟲小技將我踢出場外，你的劍就覺得滿足了嗎？」

他再次站上戰圈，揮動〈龍爪〉——

刀身纏繞上暴風。

那是旋繞龍捲狂風的天龍之爪。

暴風肆意刮削訓練場的天花板與牆面。王馬手握龍捲之劍，對一輝說道：

「一輝，舉刀吧。

我把我的招數全部奉送給你。

你就盡情利用，試著顛覆你的命運。」

「……………………」

一輝聽見這番話……臉上閃過一絲訝異。

他完全沒想到，這位大哥竟然願意奉陪到這種地步。

但是，對方散發的鬥氣令人寒毛直豎，裡頭沒有一絲虛假。

「────是！」

一輝衷心感謝王馬，再次舉起〈陰鐵〉。

而不知不覺之間，一輝身上不再冒出冷汗。

◆◇◆◇◆

「————」

史黛菈睜開雙眼一看，窗外夕陽灑落，房內充滿著黃昏的色彩。

她撐起身軀，坐在床上。

眼皮相當輕巧，口中也不打一個呵欠。

意識清晰，她甚至感覺到視野變得寬廣。

緊接著，她褪去浴袍，站在鏡子前。

鏡中的身影有著潔白的軀體，滑順、豔麗的曲線。

她能感覺到，全身上下毫無一絲壅滯，血液、細胞充滿著能量。

龍的肉體已經將睡前攝取的過量飲食全數消化，一滴不漏地儲存在體內。

自己的狀態是前所未有的良好。

史黛菈感受著體內蓄勢待發的熱能，她能肯定。

今晚，自己或許會見識到連自身都不曾見過的史黛菈·法米利昂。

好了，一切準備就緒。

走吧。

最強的敵人——就在那最棒的舞台上等著自己。

終章（前）

約定之刻

夏季略長的黃昏與深邃的黑夜相互交合，此為逢魔時刻。

舉辦七星劍武祭的會場——灣岸巨蛋周遭，已經聚集超過百萬人的民眾。

明明聚集如此眾多的人潮，現場卻充斥沉重的靜默。

每個人不發一語，只是靜靜地等待那個時刻到來。

就在這片沉默之中，巨蛋的燈光靜靜地熄滅。

幽暗——

漆黑之中，本次的七星劍武祭主播——飯田靜靜張開口。

他彷彿在詢問聚集在此的民眾——

『各位來賓是否聽過這樣的意見？

濫用『成人禮』這樣古老的陋習，

將稚嫩的孩童當作大人看待，
讓他們手持不合身型的凶器，互相殘殺。
這是多麼的愚蠢。
真正的強悍，指的是比拳頭強韌的心靈，不戰的強大。
大人們應該傾盡全力，培育更多堅強、溫柔的年輕人。

……最近，不論是大街小巷，或是國會內外，都聽得見這樣的意見。
應該有很多來賓知道這件事。
也有不少來賓贊同這樣的意見。
的確，七星劍武祭非常危險。
在漫長的比賽歷史中，偶有學生騎士在比賽中喪命。
近年，由於醫療技術逐漸發達，比賽中不再發生不幸的意外，但比賽的風險依舊高居不下。
會出現這樣的批判，也是理所當然的。
就連我自己，也多少認同這樣的意見。
但是唯有這一點……我怎麼也無法接受。

——愚蠢。

此話真的是事實嗎？

所謂的強悍，的確不只來自於力量。

選擇不戰，才是**真正的強大**。這或許也是一種真理。

但是、即使如此——

這個世界上，仍然存在唯有力量才能贏得的夢想。

唯有一戰，才能展現自己的尊嚴！

於是，來自於全國各地的三十二名戰士，自願為了這個夢想聚集於此。

他們賭上各自的夢想與自尊，拚死奮戰總共三十五場比賽。

我是這麼認為的。

這每一場比賽，比任何存在於這個世界上的寶石更加璀璨；比任何英雄傳說更加高貴！』

下一秒，傳來聲響。

上百萬民眾擊掌出聲。

其中不存在歡呼，只是嚴肅地擊掌，展現自己的意志。

『——斗轉星移，價值觀也會隨之一變，世界上的任何系統亦同。

或許總有一天，名為七星劍武祭的慶典也會成為陋習，迎來閉幕之時。

但是！我們不會忘記！絕不能忘記！
為了自身的夢想與自尊，聚集在這場慶典的他們，沒有一個人是愚蠢的！
他們是賭上性命，朝著自身的騎士道勇往前行，光榮高尚的騎士————!!』

再次響起掌聲。
這次的掌聲更加響亮，彷彿人人都拍到手痛似的。
不用飯田提醒，在場的每個人都銘記在心。
這群年輕人拚死追求著夢想，他們的身影是多麼崇高。
他們絕不是個孩子，他們絕不愚蠢。
不論時代如何變遷，他們的高潔都不會因此受到汙衊。
當所有人都擁有這樣的共識——飯田開口說道：
『於是……就在今晚，兩名騎士歷經激烈無比的二十五場比賽，存活至今，現在
他們終於要賭上一共三十二名，不，是日本國內八所騎士學校的巔峰，展開激戰。
各位來賓，讓你們久等了。
現在——第六十二屆七星劍武祭冠軍賽，即將開始!!!!』

『『『喔喔喔喔喔喔喔喔喔喔喔喔喔喔——————————！』』』

眾人迫不及待，伴隨著歡迎與喜悅的喝采，有如火山噴發一般湧上雲霄。

爆炸聲般的掌聲與熱氣，充斥著會場內外，至今為止的沉默頓時消失無蹤。

同時會場內的燈光染上赤紅，照耀紅色閘門。

喝采如雨一般灑落，就在紅光引導之下——

——如烈火炙熱的紅髮少女終於現身。

『首先是紅色閘門，破軍學園一年級・〈紅蓮皇女〉史黛菈・法米利昂選手入場了！

在七星劍武祭開賽前，突然冒出一股嶄新勢力，那就是國立曉學園！

而她在曉學園選手雲集的B區賽區，竟然只花了一場比賽，便將所有選手剷除，其中還包括前次大賽第八名的〈冰霜冷笑〉鶴屋美琴選手！最後，她一舉稱霸B區賽區！

緊接著在準決賽當中，她對上A區賽區的霸者，同為A級騎士的〈烈風劍帝〉——黑鐵王馬選手。黑鐵王馬選手時隔數年才出現在日本的公開賽，而她竟然以壓倒性的實力差距，擊敗黑鐵王馬選手！

她比所有人都更早進軍準決賽！
她的身影，就猶如直衝天際的巨龍！
這名騎士能將傳說中的「巨龍」重現在自己身上，她的力量甚至能稱作「終極的暴力」。她能否靠著這股力量，一口吞下七星之巔呢！』
『史黛菈小姐太帥了——！』
『公主殿下！只剩一勝！加油啊！』
『〈落第騎士〉根本稱不上對手啦！狠狠地輾過去吧——！』
就在這片歡呼之中，史黛菈神情嚴肅，直線走向戰圈。
這條通道配合她的步伐，從左右方噴發出紅蓮焰火。
當然，這不是史黛菈的能力，而是特意用來炒熱氣氛的表演。
雖說是學生之間的比賽，七星劍武祭決賽比起其他半桶水的職業聯盟比賽，更加吸引觀眾目光。
所以只有決賽會特別從入場開始加入舞台表演。
但是說到底，不論是多麼天賦異稟的天才殺進決賽，上台的人終究只是一介學生。
專業級的華麗入場表演總是會嚇到選手，大部分的選手只能掛著傻笑入場——
從這點來看，史黛菈不愧是一國的皇族，她坦蕩蕩地走入會場。

她或許是已經習慣大場面，臉上的神情雖然嚴肅，卻不見一絲僵硬。

她不顧兩側噴出的火焰，專注地望向前方。

從同性的眼光來看，史黛菈的側臉依舊美麗。戀戀不自覺地讚嘆道：

「史黛菈看起來好威風啊！身高也高，真是帥氣。」

「不過這表演還真華麗，簡直就像職業比賽嘛。」

「每年的決賽都會從入場就開始炒熱氣氛呢。」

「會長，您認為法米利昂的狀況如何？」

刀華在那之後，立刻就與大夥會合。她聽完碎城的問題，點點頭，答道：

「她的話，我原本以為她會露出鬥志十足的表情，看來我是低估她了。她現在不過度緊張，也沒有過度放鬆，相當專注於比賽上，可說是最佳狀態呢。」

另一方面，畫面從刀華等人轉到另一處——

有人從觀眾席的最上層眺望著史黛菈——

「那就是〈紅蓮皇女〉……我雖然是第一次見到本人，原來如此……相當傑出呢。我的魔力量完全比不上她。」

那是愛德懷斯，她與曉學園的相關人士一起進到巨蛋內。她望著史黛菈，如此感嘆道。

月影聞言，吃了一驚。

「她竟然能讓妳如此讚賞。」

「是啊。她顯然會是未來承擔世界中樞的逸群之才。」

「嘻嘻，不愧是我的宿敵——〈赤紅姬騎士〉。」

「……什麼時候多了這個設定？」

莎拉疑惑地歪歪頭。而就在同時，史黛菈穿過滿布紅光的通道，登上決賽的戰圈。

同一時間，會場內的燈光突然全數熄滅，陷入一片黑暗。

是設備出問題？

不，這是表演，為了迎接另一名主角。

『〈紅蓮皇女〉，她能隨心所欲地操縱「巨龍」之力。但是現在有一名騎士，打算隻身超越她！

大家應該都曾經看過。

那段以網路為中心，震撼四方的模擬戰影片！

就在她大張旗鼓抵達日本不久，她便吞下那場令人難以置信的敗北，那個瞬間！

而今晚要面對〈紅蓮皇女〉的騎士，就是那名少年。就是他，在她耀眼的戰績上留下瑕疵。

這只能稱之為命中註定。
仔細一想，或許從那個瞬間開始，雙方就註定進行這次死鬥。
那麼，現在我們有請另外一名主角登場。
同為破軍學園一年級・〈無冕劍王〉黑鐵一輝選手，現在從藍色閘門登場了——!!!!』
『『『哇喔喔喔喔喔喔喔喔喔喔喔喔喔喔——————!』』』
這次的歡呼完全不輸給史黛菈出場的時候，非常盛大。
同時，會場內的燈光再度亮起，這次輪到蒼藍的光芒照耀另一邊的閘門。
黑髮少年走在藍光之下，腳下瀰漫著一股雲霧，出現在觀眾面前。
『七星劍武祭超過六十年的歷史之中，唯一的F級騎士!
當他擊敗〈雷切〉，名聲傳遍全國之時，每個人應該都曾這麼心想。
出現一個不得了的傢伙啊!
但同時各位可能也會這麼想：
再怎麼了不起，終究是F級。
他以這種宛如走鋼索的戰鬥方式，根本不可能在七星劍武祭存活到最後。

更別說，他還被分派到宛如鬼門一般的C區賽區。去年度冠軍與亞軍都在C區，他可說是毫無勝算。

但是——他一路贏上來了！

他雖然與〈七星劍王〉諸星雄大陷入苦戰，終究還是擊敗他；

他對上〈天眼〉城之崎白夜一戰，更是大幅刷新大賽秒殺紀錄！

緊接著，他面對曉學園的隱藏王牌——A級騎士莎拉・布拉德莉莉那股犯規般的強大力量，他也絕不屈服；

甚至是碰上〈厄運〉(Bad Luck)紫乃宮天音選手惡質到極點的犯規，他仍然毫不退縮，展現戰鬥到底的意志；

最後、他終於抵達七星劍武祭的決戰舞台……!!

假設〈紅蓮皇女〉的力量是「終極的暴力」，那麼〈無冕劍王〉的劍術就是「最強的技巧」！

雙方的領域有如正反兩極，卻互別苗頭，絕不遜於對手！

這把漆黑刀刃閃爍著朦朧卻明確的光芒，他今晚能否成功貫穿巨龍的心臟呢！』

『黑鐵——！就算對手是女朋友也不能放水啊！』

『一輝——！只剩下一勝就能拿下冠軍！加油啊——！』

『都來到這裡了，就一口氣衝上天吧——！』

藍色閘門噴散出煙霧，煙霧有如密雲一般，蔓延至連接戰圈的通道。
黑鐵一輝踩上雲煙，以順暢優美的步伐走向戰圈。
他和史黛菈一樣，毫不理會誇張的演出以及觀眾的歡呼，直線向前邁進。
他也習慣大場面……並非如此。

他的眼中，只剩下在戰圈上等待自己的那名少女。

「看來他的冷汗已經止住了呢。」
「若非如此，就枉費我們陪他好幾個小時。我倒是比較擔心他的體力……」
「你說熱身做過頭，反而沒辦法戰鬥嗎？別擔心啦，那個男人才不會犯這麼蠢的失誤。」
諸星和一旁的同學一起幫一輝進行賽前調整。因此諸星才這麼對他說道。
而有栖院和珠雫就坐在他們附近。
兩人也和諸星等人一樣，從最接近戰圈的最前方柵欄，一起看著一輝前往決賽的舞台。
「呵呵，不愧是一輝。他很清楚怎麼保持身體的熱度，同時回復體力呢。珠雫，妳應該不用太擔心。」
「……我還是會擔心的，畢竟對手非同小可啊……」

「嘿——黑鐵小弟明明睡了一整天，狀況倒是不錯嘛。」

身穿和服的嬌小女性望著一輝入場時的步調，愉快地露出微笑。

她不是別人。

正是破軍學園的臨時講師·西京寧音。

而破軍學園理事長·新宮寺黑乃就站在她身旁。

「小黑，看他的步伐輕巧靈活，應該是做了不少事前準備呢。」

「一看就知道。不過他會這麼做也是當然的，他與法米利昂的才能差距顯而易見，正面硬拚等於自找死路。要是他保持低檔速的狀態登上戰圈，肯定一秒就會輸掉比賽。黑鐵想和法米利昂互相抗衡，他從比賽一開始到最後一刻，都必須維持在高速運轉的狀態，要是他的狀態稍微低落一點——」

「到那個時候，就是黑鐵小弟會落敗，是嗎？這場比賽還真是一刻都不能放鬆呢。」

「沒錯，就這點來說，我們也一樣。我早上明明這麼說過，看看妳那是什麼樣子？在度假嗎？」

黑乃狠狠瞪向西京。只見西京雙手捧著特大號的爆米花桶，悠哉地坐著。

她完全只是來看比賽而已。

「今天妾身都拒絕轉播的工作，本來就是放假嘛。」

「……我真是犯蠢了，竟然會把希望放在妳身上。」

「開玩笑的啦！真的，只是玩笑啦，小黑。不要露出那麼恐怖的表情嘛。放心啦，真的有任何萬一，妾身會好好工作的啦……畢竟是妾身要史黛菈盡情亂來，妾身會負起責任的。」

「真是夠了……」

黑乃深深嘆口氣。

這個女人打從學生時代，就是這副捉摸不定的態度，完全不知道她何時是認真的，真是一點都沒變。

……相較之下，只有自己變得越來越老成，這讓黑乃有些不悅。

黑乃不滿地換了翹起的腳：

「喂。」

「幹麼？」

「……爆米花，給我一點。」

「不要。」

『而決賽的解說，將由七星劍武祭營運委員長——擁有〈審判天雷〉之名的魔法騎士，海江田勇藏老師擔任賽評。海江田老師，我身為一名七星劍武祭支持者，我想先謝謝老師能協助順延決賽，真的非常謝謝您。』

『七星劍武祭是為了學生騎士而存在的慶典。為了讓他們能盡情奮戰，我們營運委員會就應該盡力協助，這是理所當然的事。一切都應該歸功於兩名選手強韌的意志，以及〈白衣騎士〉藥師霧子醫生的協助。多虧有她出手，才能讓黑鐵選手只花一天就恢復健康。』

『原來如此，順帶一提，決賽的兩名選手是男女朋友，這件事已經是眾所皆知。您認為這件事會影響戰局嗎？』

『要是會有影響，我們也能輕鬆點呢。』

海江田說完，一邊苦笑，一邊往戰圈上的兩人瞥了一眼。

接著說道：

『從兩名選手的表情看來，這場比賽恐怕會讓人胃痛到極點啊。』

一輝走過布滿雲霧的通道，終於登上決賽的戰圈。

同時，為了表演效果噴出的煙霧與有色燈光隨即消失，巨蛋全體恢復一般的夜間照明。

直徑約一百公尺的圓形戰圈，出現在一輝眼前。燈光灑落在強化石板上，顯得特別潔白。

他已經在這裡戰鬥四次。

他也差不多看慣這副景色。

但神奇的是，明明是同樣的地方——景色卻截然不同。

戰圈的白、周遭的人工草皮、觀眾們身上的服裝顏色——

一切都顯得特別鮮豔明亮。

以自己為中心的這個世界，一切是如此的美妙。

……漸漸填滿。

某種耀眼無比的事物，漸漸填滿世界。

一輝此時才真正感受到。

「我終於來到這裡了。」

這份滿足。

於是，他看向這個世界中，最為豔麗奪目的那名少女，對她說道：

「史黛菈，這裡就是我們約定的地方。自從訂下那個約定之後，我就一直期待著這一天。」

蒼藍月下，兩人互相許下約定。一輝從那天開始，就一直往這個地方努力邁進。

但是——努力的人不只有一輝。

「我也是啊，一輝。」

沒錯，那個約定同樣激勵著史黛菈。

不、她才是真的等到不耐煩。

因為——

「我輸給一輝的那一天，理事長曾經這麼告訴我：『妳就在這一年內，盡全力追逐黑鐵的背影吧。』一輝一直是勇往直前，毫不停歇，確實非常值得追隨。正因為我至今追隨著你的背影，才有今天的我。但是……抱歉，我可沒那麼老實，我沒辦法一整年都一直注視同一個人的背影。」

沒錯，她不能一整年都只是痴痴望著那道背影。

「我今天就要在這裡超越你！」

史黛菈誓言雪恥，右手向天高舉，張開手掌。

下一秒，史黛菈的右手噴發出火焰。

赤紅烈焰舞動般地搖曳著，漸漸形成劍的形狀。

史黛菈收緊右手，握住劍柄——

「前來侍奉吾身！〈妃龍罪劍（Lævateinn）〉————!!」

她誦唱將靈魂化為實體的咒語，同時將炎劍刺進地面。

強大的衝擊吹散火焰，留下那把火紅劍刃，閃爍著燒灼般的鋼鐵光芒。

這就是〈紅蓮皇女〉的固有靈裝——〈妃龍罪劍〉。

史黛菈顯現出自己的靈魂之劍，展現出自身的戰意。

而面對史黛菈的宣示——

「是嗎?說實話，我從不認為自己走在史黛菈前方，但既然史黛菈這麼認為，我就更不能讓妳輕易超越我。因為我和妳一樣，我也是為了這一天，日日夜夜鍛鍊到今天……！」

一輝也以靈魂回應史黛菈。

「來吧，〈陰鐵〉……！」

他握緊拳頭，敲向自己的胸膛，接著伸出拳頭，使勁張開。

掌心噴發出蒼藍焰火，形成刀的形狀。

他握住刀柄，奮力一揮，漆黑如烏的黑色鋼刀出現在一輝手中。

這就是〈落第騎士〉的固有靈裝——〈陰鐵〉。

兩人顯現出靈裝，使會場掀起更熱烈的氣氛。

因為就在這個瞬間——一切準備就緒。

接著，只需要等待開始的信號——

『現在，兩位選手都在起始線就定位！

現在，第六十二屆七星劍武祭決賽，即將正式展開！

在邁向七星之巔的最後一場比賽。

期望兩名選手能傾盡全力，不要在這場比賽中留下任何遺憾！』

主播飯田這麼說完，深吸一口氣，接著——

『『『LET's GO AHEAD——!!!』』』

守候在會場的觀眾們與飯田一起齊聲喊道。

於是，號角響起。

七星劍武祭的最後一場戰鬥，正式開打。

◆◇◆◇◆

「————」

信號響起的瞬間，黑鐵一輝立刻消失在數萬人面前。

一輝施展〈比翼〉的體術，瞬間提高到最高速，甩開眾人的視線，邁步衝向史黛菈。

『喔喔喔！開始的信號響起後下一秒，黑鐵選手衝了出去！好、好快啊！』

『他的射程距離相當短，所以必須先將距離縮短至自己的攻擊範圍，他會如此判斷也是當然的——不過……』

海江田也瞪大眼。

一輝的速度快得非比尋常。

一輝現在的前進速度，比至今所有比賽都還要快。

但這也是當然的。

那些過頭的事前暖身，讓一輝登上戰圈之時，就已經處在最高轉速的狀態。

（感覺很不錯！）

身體輕巧如羽翼，卻又充滿力量。

身體狀況絕佳。

一輝感受著自身的狀況，再次衷心感謝諸星等人的協助。

他不能浪費他們的好意。

（先下手為強！必須先掌握這場戰鬥的主導權！）

史黛菈並非一擊就能解決的對手。

這場戰鬥或許會演變成長期戰。

所以，一輝才想掌握比賽的步調。

現在就是奪得先機的好時機，他絕對要據為己有！

一輝心意已決，當他踏入〈妃龍罪劍〉攻擊範圍的一瞬間，步伐立刻增添一定的緩急，左右輪替。他的步伐製作出殘影，迷惑史黛菈的雙眼。

「這個步伐是……〈蜃氣狼〉……！」

「先以衝刺奪得先機，再以步伐迷惑對手。而那位公主都還沒握好劍！奪下主導權了……！」

在珠雫身旁觀戰的諸星見到一輝完美的奇襲，不禁興奮握拳。

一輝的先發攻擊的確是近乎完美。

這不只是單純的奇襲。

一輝從早上開始仔細調整自己的狀況，掌握自己的步調，以便能在第一步就提高到最高速度，掌握先機，再加上步伐創造出來的幻象，摘取對手反擊的幼芽，以防萬一。

一輝在比賽開始前就如此策劃，這已經是他所能想到最完善的計畫。

無可挑剔。

不存在任何瑕疵。

他下了一步絕佳的的好棋，但是——

能以**力量**摧毀如此完善的計策，才稱得上是絕對強者！

「〈龍震腳（Dragon Stamp）〉——！」

史黛菈抬起纖長的美腿，往戰圈使勁一踏！

下一秒，**地面上下搖動，同時響起巨大的爆炸聲**。

「——!?!?」

『什、什麼————!?!?!?』

『呀啊啊啊啊啊啊啊啊!!!!』

『這、不會吧……!?』

觀眾席頓時哀號四起。但這也難免，因為──

『這、這、這真是太驚人了！史黛菈選手踏地的瞬間，巨大的震動襲擊整個會場，戰圈竟然以史黛菈選手為中心，碎成蜘蛛網狀──！』

就連〈鋼鐵狂熊〉踏四股的時候，也並未出現如此大規模的破壞。

誰能想到這個場面，竟然是出自一名可人少女的纖纖玉腿。

而史黛菈的行動，不單只是破壞戰圈。

（糟了！地面反彈的震動會讓身體浮起來……！）

沒錯，〈龍震腳〉能以超越常軌的力道動搖地面，中斷對手的行動。

一輝的行動遭到中斷，自然無法維持殘影──

「哈啊啊啊啊啊啊啊啊──────!!!」

劍光一閃。〈紅蓮皇女〉往真正的一輝身上，揮動閃爍白鋼光芒的劍刃。

而一輝的應對，只能用一句「果然了得」來形容。

他在史黛菈揮劍之前，便看穿那一擊的軌道，以〈陰鐵〉制衡。

但是──他可沒辦法壓制那超越常人的臂力。

〈妃龍罪劍〉與〈陰鐵〉接觸的剎那間。

劍上傳來的恐怖威力將一輝的身體連根拔起，像是玩具般地拋向空中。

「唔！」

一輝勉強停留在戰圈邊緣，但是他一想到自己已經完全看穿斬擊的軌道，以萬無一失的狀態抵擋，仍然因此彈飛大約五十公尺，額上便冷汗直流。

（果然，絕對不能正面承受史黛菈的一劍……）

「一輝，看來你花不少力氣做賽前調整嘛。」

史黛菈望著退到戰圈邊緣的一輝，揚聲說道：

「你是打算趁著開場後，在我還沒進入狀況之前搶先攻擊嗎？不過……你失算了呢。面對你，我可是無時無刻都是全力運轉的。」

她的聲音充滿堅定的自信。

一輝知道，那就是她最缺少的東西。

她就是少了身為絕對強者的自傲，沒有認清自己比世界上的任何人都要強大。

——史黛菈並非是自卑。

她一直都清楚自己的強大。

但是考量到史黛菈龐大的潛能，她的自信未免顯得太過渺小。

一輝一直認為，她應該表現得更加驕傲、更加桀驁不馴。

不過史黛菈個性嚴謹，一輝要是隨便說出口，她搞不好會對自己更加嚴厲。

所以他實在說不出口，但是——

西京倒是相當順利地喚醒史黛菈的自傲。

他與她對峙，承受她的劍，再次體會到。

史黛菈明顯和以前判若兩人。

不過──

「妳說失算？怎麼會呢？」

沒錯，怎麼能用失算來形容，大錯特錯。

一輝在稍早的一擊之中肩膀脫臼。他將肩膀推回原位，同時對史黛菈露出喜悅的神情。

「一切就如同我的期待。」

這才是真正的〈紅蓮皇女〉──史黛菈．法米利昂。

『黑鐵選手在危急之際抵擋，免於直擊，身體卻彈飛至戰圈邊緣！這臂力實在嚇人！但是，這才是〈紅蓮皇女〉，這才是絕對強者的劍──！史黛菈選手展現A級騎士的威嚴，強勁回擊黑鐵選手！』

這誇張的攻防戰使得場內的興奮度直線上升。

觀眾們毫不吝嗇地給予史黛菈歡呼，頓時歡聲四起。

其中──御祓泡沫望著下方的景象，發出細微的呻吟。

「嗚哇……好可怕的威力，不只是戰圈，連觀眾席都出現裂縫了。」

他身旁的兔丸戀戀也點頭同意道：

「難怪，碎城的劍和她一比，當然連個屁都不是啦。」

「她的攻擊威力確實驚人，但她的想法更是出人意表。竟然會利用踏步震動地面，中斷黑鐵的行動……」

「但是，黑鐵同學也不容小覷呢。」

貴德原彼方這麼說道。而在欄杆邊緣觀戰的刀華則是點了點頭：「嗯。」

學生會成員中，刀華和彼方的實力算是特別突出。他們發現一輝在那短暫的交手瞬間，做了某件事。

「他竟然在衝突的瞬間，故意卸開自己的肩關節，讓手變得像竹簾一樣，使衝擊整個流向後方。要說在戰場上的靈機應變與鬼點子，他也不相上下呢。」

「咿咿，他還做了這種事喔。」

「他要是沒這麼做，現在已經栽進觀眾席下的牆壁裡了。」

史黛菈在那種狀況下，還能以超常的臂力反擊；而一輝則是能完全扼殺那一斬。假設史黛菈是暴力的怪物，一輝就是技巧的怪物，雙方都非常不簡單。至少在這段攻防之中，雙方還沒決出高下。不過——刀華瞇細了眼：

（剛才的攻防讓史黛菈占據戰圈中央，這個狀況不太妙啊，黑鐵同學。）

而在戰圈中央——戰局的演變，就如同刀華所預料。

「呵呵，是嗎？能回應你的期待，我也覺得很開心呢。」

史黛菈豔麗一笑，接著以她為中心，整個畫面開始扭曲。

緊接著，史黛菈的烈焰髮絲（Fire Blonde）漸漸閃耀光芒，緋色燐光散布在空中。

「那麼，就換一輝回應我的期待了。」

「……！」

熱量遽增，即使一輝身在戰圈邊緣，也能感受到那股熱度。

一輝頓時臉色一沉——

「**我早就確認過你的實力了**。如果是面對你，我會不擇手段取勝！」

下一秒，史黛菈散發直衝雲霄的殺氣，以及足以扭曲光線的龐大熱量。一輝明白史黛菈的行動。

（這股壓迫感，不會錯！那招要來了！）

「〈暴龍咆吼〉（Bahamut Soul）——！！」

就在同時，史黛菈手中最大的範圍攻擊應聲噴發！

光與熱從史黛菈的身軀湧出，飛散至四面八方。

『這、這一招！這一招是史黛菈選手拿下第一輪比賽時的伐刀絕技啊——！』

史黛菈發動伐刀絕技的同一瞬間，以黑乃為首的魔法騎士們也急忙出手保護觀眾席。

這也是當然的，這招伐刀絕技的攻擊範圍不只是戰圈的直徑，更能輕鬆超越巨蛋的總面積。

而且這次和第一輪比賽時不同，史黛菈完全沒有放水。

要是魔導騎士們不出手，攻擊恐怕會直接將觀眾席、甚至是整座巨蛋完全蒸發。

但這群魔法騎士不愧是經驗老到的菁英。

他們為了讓戰場上的孩子們放手一搏，瞬間建立萬全的防禦，史黛菈的〈暴龍咆吼〉也無法動搖半分。

觀眾席是安全的。

——戰圈上則是無處可逃！

『灼熱的熱浪以史黛菈選手為中心擴散開來，即將包覆整個戰圈！黑鐵選手無處可躲！他突然就陷入危機啦——！』

『不、請各位仔細看！』

賽評席上的海江田如此大喊道。

他看見了。

光熱的浪潮迎面而來，幾乎掩蓋整片視野。

而一輝面對這股熱浪——卻是不躲不逃，壓低身軀。

緊接著，膝蓋曲折至極限後，以這個姿勢釋放招式——

「〈犀擊〉……！」

一輝前腳踢碎地板，身體飛向前方，直接攻進熱浪之中。

『黑、黑鐵選手主動衝向〈暴龍咆吼〉裡了！他到底在想什麼!?』

主播見到一輝的行動，疑惑不已。不過——

「不、他判斷得相當正確。」

『海江田老師!?』

『只要自己以高速衝進攻擊中，就能縮短接觸熱浪的時間，同時也能減少傷害。而且，請各位注意一點，黑鐵選手是立起刀尖，垂直衝進〈暴龍咆吼〉的熱浪，使身體接觸熱浪的面積縮減到最低限度——這樣一來，他就能順利突破！』

而就如海江田所說，一輝的〈犀擊〉刺進熱浪——

並且直接貫穿攻擊。

雙方攻擊只有一瞬間交錯，造成的損傷也僅止於頭髮燒焦。一輝的身體毫不停歇，宛如箭矢一般，直線飛向立於爆炸中心的史黛菈——以〈陰鐵〉刺穿她的胸口！

「————」

剎那間，史黛菈的形體突然一晃，如同幻影一般消失無蹤。

這是利用光線折射產生幻影的伐刀絕技——〈陽炎暗幕（Flame veil）〉。

〈暴龍咆吼〉的攻擊其實不夠精確，史黛菈當然不認為單憑這樣的攻擊就能打倒一輝。

她早就算到一輝會突破攻擊。

她的計畫是以〈暴龍咆吼〉瞬間遮蔽一輝的視野，趁機布下〈陽炎暗幕〉。

〈陽炎暗幕〉投射出的幻影誘導一輝——

「你中計啦——！」

她則是同樣以〈陽炎暗幕〉隱形，接著從一輝的背後親手擊倒他！

但是——！

（……！）

史黛菈出現在一輝背後，正要揮劍的剎那，突然感到一陣戰慄。

一輝已經陷入危機，但他的眼神依舊俐落，靜如止水，毫無一絲動搖，並從自己的肩膀看向身後。

——他早就看穿自己的計畫了。

她可以肯定，畢竟她面對的是〈落第騎士〉。

以前的史黛菈碰上這個瞬間，一定會因此動搖。

但是，現在的她不一樣了。

（看穿又怎樣！）

既然對方已經看穿，擬定好對策，那也無妨。

不論一輝有什麼樣的對策，她都會以力量壓制一切。

史黛菈無視一輝的眼神，毫不猶豫全力揮劍！

不過——

「第三祕劍——〈圓〉。」

下一秒，遠比預想還要龐大的衝擊，狠狠襲向史黛菈。

「～～～～～～～～～!?!?!?」

響起的撞擊聲已經超越「聲響」的範疇，幾乎等同於爆炸。這次換成史黛菈遭到擊飛。

史黛菈雙腳奮力一踩，意圖煞車，但是身體卻違背她的意思，雙腳刮削著戰圈，同時滑行般地向後退去——最後她就像稍早的一輝，被他逼退至戰圈邊緣。

『怎麼會！這次黑鐵選手像是奉還剛才的仇，將史黛菈選手擊飛至戰圈邊緣！情勢逆轉——！』

一輝從緊要關頭逆轉戰局，發揮意料之外的威力報了開場的一劍之仇。會場的熱度更是因此遽增。

如此喧囂之中，史黛菈卻顯得相當冷靜。

她握持〈妃龍罪劍〉的手上殘留著一絲麻痺。她感受著麻痺，精準地分析。

（這股麻痺……這種力量……絕對不是一輝的。）

史黛菈大致掌握一輝的各種情報。

所以她很清楚。

以一輝的能力，不可能施展如此強大的攻擊力。

不、甚至連王馬都不可能。

說到能施展這股攻擊力的人類——

——大概只有自己一個人而已。既然如此——

「你偷走了我的力量，對吧？」

史黛菈的語氣似乎帶著一絲欣喜。一輝聞言，也笑著答道：

「正確答案。」

沒錯，剛才擊飛史黛菈的力道，正是她自己的力量。

以刀刃接下敵人的斬擊，再將蘊含其中的力量**彷彿畫圓一般迴轉身軀，循環全身後**，引導到自己的攻擊上，直接奉還給敵人。

「這就是我的第三祕劍——〈圓〉的原理（手法）。」

這在一輝為數眾多的劍招之中，算是相當困難的一招。

他只要些微錯估敵方的威力或出招時機，衝擊便會侵襲全身，引發致命的破綻。

這個技巧非常細膩，即使高明如一輝，倘若不是處於極限的集中狀態，失敗的風險仍舊高居不下。

他在與〈速度中毒（Runner's high）〉一戰中曾經施展類似的技巧，但是他並不常使用此招。不過——

「我模仿〈比翼〉之劍後，掌控身體的精準度有了飛躍性的成長。妳剛入學的那個時候我還沒辦法成功，但是現在，我已經能正面**回擊**妳剛強的一劍了。」

一輝面對現在的史黛菈，只有用上〈圓〉才能與她相提並論。

所以他才會在登上戰圈之前，藉著過頭的暖身運動，將自身的狀況逼至極限。

現在的一輝正處於最顛峰的狀態。

雙方距離遙遠，但是他的眼球甚至能**直接觀察到**史黛菈身上的汗毛；

雙耳準確辨識出自身血液的流動；

身體能明白每一條肌肉纖維的曲線與彈性；

皮膚異常敏感，彷彿裸露出神經似的，他甚至能清楚數出撫過身軀的沙塵。

他要是繼續保持現在的狀態，絕不會輸給史黛菈。

既然如此──

「──我就不需要害怕了！」

◆◇◆◇◆

『黑鐵選手第三次主動攻向史黛菈選手！

好快！今天的〈無冕劍王〉比平常更加犀利！

他瞬間跨越戰圈！逐漸逼近史黛菈選手！』

一輝甩開風阻，漸漸縮短距離。史黛菈則是煩躁地挑起眉——

「將敵人拆吃入腹……！〈地獄龍大顎〉——！」

她舉起〈妃龍罪劍〉，釋放出熊熊燃燒的火龍。

『史黛菈選手似乎不想讓黑鐵選手接近！她施展〈烈風劍帝〉一戰中的遠距離攻擊應戰了——！』

赤紅焰龍在夜晚的戰場上熊熊燃燒，一口交錯的亂牙侵襲而來，打算一口咬碎一輝。

七顆烈焰龍頭張開巨大雙顎，來勢洶洶。

一輝面對眼前這副惡夢般的景象，卻絲毫沒有放慢進攻速度——

（這一招確實魄力十足，不過要想捉住現在的我，反而顯得有些遲鈍！）

不，他不只沒有放慢，在七道龍顎即將落下的剎那——

——他再次加速。

他一邊前進，一邊穿梭在七龍之間，徹底甩開龍頭。

一輝曾在王馬戰之中見識過〈地獄龍大顎〉。

他知道史黛菈會選擇動用這招。

所以一輝保留加速的餘地。

火龍無法對付突然加速的獵物。

七顆龍頭互相咬成一團，散成火霧。

一輝再次加速，逼近史黛菈。

「唔……！可惡──！」

史黛菈見狀，知道〈地獄龍大顎〉解決不了一輝，也做好近距戰的準備──

「〈妃龍羽衣〉！」

她全身纏繞上火焰禮服，並且主動衝向一輝。

她打算利用火焰的放射熱能，取得交叉距離的優勢。

但是──

（〈妃龍羽衣〉還算不了什麼威脅，我只要藉著〈比翼〉的身法，急遽出入交叉距離，火焰就不會蔓延上來，我反而該感謝她願意主動上前啊！）

一輝看穿史黛菈的想法，無畏地拉近雙方距離。

但不論一輝速度多快，彼此的靈裝長度依舊差距相當大。

史黛菈理所當然地搶得先機。

她將要施展的攻擊是──

（以最小的動作，直線刺向我的喉嚨……！）

「……！」

下一秒，史黛菈神情一僵。

這也難免。

他沒想到敵人竟然以刀尖接下自己刺出的劍尖，簡直像是在表演雜耍。

緊接著，一輝引導〈陰鐵〉上傳來的衝擊，迴轉全身。
並將所有力道導向下一刀，橫劈斬向〈妃龍罪劍〉的側面。
這一斬威力驚人，一擊便彈開史黛菈的靈裝。
即使只有短短一瞬間，史黛菈依舊露出破綻。
一輝沒有放過這剎那，像是在模仿諸星的〈三連星〉，迅速施展三連刺。
『現、現在，〈無冕劍王〉終於擊中〈紅蓮皇女〉啦！』
刺擊刺向右肩、左胸、心窩，所有攻擊漂亮地命中史黛菈。
這些攻擊原本足以致命，現在卻傷不了史黛菈。
〈紅蓮皇女〉壓倒性的魔力阻卻〈陰鐵〉的刀刃。
一輝僅僅劃破史黛菈的皮膚，並且使她的上半身向後仰。
既然對方沒受什麼傷害，當然也不會畏懼——
（——下一步，她就會提高〈妃龍羽衣〉的威力，大範圍焚燒。）
「哈啊啊啊啊啊!!!」
史黛菈立刻展開反擊。
她提高〈妃龍羽衣〉的火力，打算焚燒交叉距離中的一輝。
但是——
當史黛菈強化〈妃龍羽衣〉的火焰時，一輝早就看穿她的行動，退出交叉距離。
接著他原地加速衝進火焰之中，在錯身之際斬向史黛菈的軀體。

以最高速進行的游擊戰。

只要保持高速，火焰就無法延燒上身。

一輝重複三次相同的斬擊，一次次耍弄著史黛菈。

不過他終究是在穿梭火焰的同時進行斬擊。

這些攻擊力道不大，連史黛菈的皮都擦不破。不過——

（史黛菈可就掛不住面子了。）

史黛菈沒什麼耐性。

她能動用的手牌眾多，所以不會執著於一種攻擊手法。

她更不會一直處在挨打狀態。

（她只要一覺得這麼做沒完沒了，就會改變攻勢——距離她改變攻勢，還有零秒！）

下個瞬間，正如一輝的預料，史黛菈解除〈妃龍羽衣〉。

為什麼？原因只有一個，〈妃龍羽衣〉的優勢在於掌握整個空間，同時卻有個缺點。

熊熊燃起的火焰會遮蔽使用者的視野。

這點對於交叉距離內的刀劍戰來說，會造成不小的阻礙。

更別說她的對手速度極快。

多了火焰的妨礙，她只會越來越追不上對方的速度。

當史黛菈明白〈妃龍羽衣〉傷不了一輝，立刻解除伐刀絕技。
她將更多魔力集中在〈妃龍罪劍〉上。
——一輝就是瞄準這個瞬間！
「唔、啊！」
『黑鐵選手在〈妃龍羽衣〉即將消失的那一刻，突然向前衝刺！同時給予強力一擊！史黛菈選手的頭部飛出少許血沫！』
他並不是穿梭而過，而是停在當場，灌注全身重量予以重擊。
一輝的全力一擊經過〈比翼〉劍術的強化，史黛菈的魔力防禦無法完全扼殺力道，他第一次帶給史黛菈像樣的損傷。
史黛菈畏縮的同時回以斬擊，但是她的劍尖依舊落空——
『這、這究竟是……！』
『喂喂，真的假的啊。』
『騙人的吧……』
雙方處於相同的距離，卻只有一輝的斬擊持續命中史黛菈。
觀眾目睹這個景象，全都明白了**這難以置信的現狀**。
——他壓制了她。
F級的〈落第騎士〉，壓制住A級的〈紅蓮皇女〉。

『這、這實在是太不可思議了！雙方明明都處在有效攻擊範圍內，但是只有黑鐵選手的斬擊能命中史黛菈選手，史黛菈選手的剛劍一次次落空！史黛菈選手在交叉距離中完全占不到優勢！單方面、黑鐵選手單方面壓制住史黛菈選手！這、這個景象實在教人不敢相信！黑鐵選手以往在交叉距離中的攻勢，確實相當優秀……但是、沒、沒想到會有如此大的差距！』

『或許她太接近黑鐵選手了呢。黑鐵選手的〈完全掌握〉(Perfect Vision)有如照妖鏡一般，那驚人的觀察力甚至能看穿隱形敵人的行動。既然兩人是情侶，黑鐵選手對史黛菈選手的了解，自然遠超過僅僅交手一場比賽的對戰對手。他與她共同度過許多時光，也更加熟悉對方。黑鐵選手或許早就看穿史黛菈選手之後百步的行動，甚至連行動的時機都一清二楚。』

『有、有這麼誇張嗎？』

『實際上，黑鐵選手在史黛菈選手揮劍之前，早一步做出迴避動作。他不但充分閃躲攻擊，而且身法精準無比，甚至沒有一釐米的落差。這樣一來，史黛菈選手的攻擊自然會落空，根本不可能命中。』

海江田這麼說道。雙方在解析對手情報上，等級完全不同。

『可、可是史黛菈選手還有殺手鐧，就是徹底擊敗〈烈風劍帝〉的〈龍神附身〉(Dragon Spirit)啊。』

『你沒注意到嗎？黑鐵選手從比賽開始，就大膽地持續進攻。就連史黛菈選手披上〈妃龍羽衣〉時，他也衝進火焰之中攻擊，絲毫不放鬆攻擊的密度，完全不讓她有機會擺出〈龍神附身〉的動作——也就是**將靈裝刺進自己胸口**。黑鐵選手打從一開始，就打算封住這個伐刀絕技。』

『啊……』

『假設史黛菈選手勉強使用〈龍神附身〉，雙方距離如此接近，絕對是黑鐵選手的〈一刀羅剎〉更快。話雖如此，對手可是那個〈無冕劍王〉。她要是就這樣持續承受黑鐵選手的猛攻，即使一擊的損傷不大，對手最後肯定會找出致命破綻，以〈一刀羅剎〉徹底解決她。』

不論進攻、防守，都如同死胡同。

再這樣下去——

『史黛菈選手再這樣下去，真的會一面倒地走向敗北。』

就連身經百戰的海江田也萬萬沒料到，〈紅蓮皇女〉竟然會遭到單方面壓制。

他解說的語氣緊繃，微微顫抖。

另一方面，會場的觀眾們見到這出乎意料的發展，更加為之狂熱。

行如蝶舞，攻如蜂刺。一輝行雲流水般的行動，讓觀眾們更是大聲喝采。

『好、好厲害！他完全占上風了啊！』

『就這樣一口氣打倒她吧————！』

其中當然也混著珠雫的加油聲。

「哥哥——————！加油——————！」

珠雫靠著欄杆，以全身的力氣放聲大喊。

「不過史黛菈也不簡單。一般的伐刀者碰上那樣的猛攻，早就被砍成碎片，對她來說竟然只造成擦傷而已。這樣不管一輝命中多少次，都無法決出勝負嘛。」

「可是，哥哥還有武器可以突破史黛菈同學的魔力防禦！」

「是啊，一輝應該也在等待使用的時機。」

當一輝使出殺手鐧，這場比賽就會定出勝負。

珠雫、有栖院以及觀眾們都如此深信不疑。

但是——

（總覺得……狀況很怪啊。）

諸星站在兩人身旁，皺起眉頭。

他從眼前的攻防戰中，感受到難以言喻的詭異。

（黑鐵彷彿和第一輪時的我重疊了……）

並且——

「總覺得很奇怪呢。」

不只是諸星，也有其他人注意到了。

曉學園理事長・月影在別處觀看戰局，也有同樣的感受。

「叔叔？」

「月影大人也注意到了嗎？」

風祭凜奈的女僕——夏洛特如此一問，月影點頭答道：

「是啊，表面上黑鐵確實占盡優勢，不過……不論我怎麼看，**都覺得他找不到可乘之機**。」

「我也是這麼認為。單就我能觀察的範圍內，他至少錯過七次關鍵時機。他只要使用〈一刀修羅〉或是〈一刀羅剎〉，應該就能制伏對手了，可是……他完全沒動手。」

「他當然沒辦法行動。」

愛德懷斯坐在觀眾席上，長腿交疊。此時她突然插進兩人的對話。

「他現在**很害怕**。」

「害怕……？」

莎拉重複愛德懷斯的話，而愛德懷斯點點頭：

「沒錯，正確來說，應該是他的本能感到害怕。」

而且對一輝來說，最麻煩的就是……

「——他本能的警鐘，非常準確。」

◆◇◆◇◆

有栖院等人感受到的這股不安、不協調感。

一輝身為當事人，當然也有同樣的感覺。

（這個感覺究竟是……）

一輝維持猛烈的攻勢，同時皺起眉頭。

現在很明顯是自己占上風。

一輝當初預計最佳的戰局走向，就是他能徹底封殺史黛菈的殺手鐧——〈龍神附身〉。而現在打從比賽一開始，比賽也順利導向一輝的預想。

史黛菈要是強行擺出〈龍神附身〉的架勢，就以〈一刀羅剎〉反擊，一擊了結她。考量到史黛菈與自己在技巧上的差距，只要繼續保持現在的攻勢，再過十二回合，史黛菈就會暴露決定性的破綻，到時候只要配合時機施展〈一刀羅剎〉，比賽就結束了。

但是這樣的時機——

（——我到底錯過多少次決定性的時機？）

沒錯，從剛才開始，就已經出現數次能施展〈一刀羅剎〉的時機。

但是**他卻沒動手**。

他看得見。

當他想再多向前踏進一步，那個瞬間——
他彷彿看見一條巨龍張開大口，等著食物跳進來。

一輝很清楚。
這是……警鐘。
一輝數次跨越危急關頭，才培養出這股直覺。
他的第六感能夠分辨死亡的氣味。
——而他的直覺非常正確。
「嗯哼。」
史黛菈持續承受一輝的斬擊，幾乎要以一打為單位計算。此時，她突然**嫣然一笑**。
接著出現難以想像的狀況——
「————！」
她停止反擊，甚至放棄防禦，對著一輝敞開雙臂。
毫無防備。
彷彿要一輝盡情進攻似的。
一輝見到她詭異至極的舉止，隨即停下攻勢。

史黛菈有如銀鈴般地輕笑，開口問道：

「一輝，怎麼啦？我現在可是破綻百出，為什麼不攻過來呢？」

她的神情妖豔嫵媚，彷彿在邀請一輝進入香閨。

但是一輝無動於衷。

──當然了。

「……破綻百出？妳還真好意思說啊…………」

只要自己再靠近一步，巨龍的雙顎就會徹底咬碎自己。一輝在史黛菈張開雙臂的瞬間，就一直看到那副幻象。

史黛菈面對戒備十足的一輝，遺憾地嘆口氣。

「真可惜，這個計策人家已經隱藏很久了說……不過看現在這個樣子，我不管再等多久，你也不會如我所想地行動呢。」

於是──

「那就……沒辦法了。」

史黛菈低語的剎那間──

──世界，扭曲了。

「…………！」

史黛菈的體溫突然遽增，頭髮散布的火焰燐光，這些高溫使得周遭的空氣為之扭曲。

同時，聲響迴盪在整個世界之中。

噗通、噗通。

響亮的心跳聲震撼大地，完全不像人類的心跳。

緊接著，史黛菈的全身從骨髓之內透出亮光，搭配著心跳聲一點、一滅。

最後，史黛菈的胸口漸漸浮現了——

——**閃爍光芒的刀傷**。

「■■■■■■■■■■■■■■■■■■■————————!!!!」

史黛菈粉唇大張，露出犬齒，仰天狂嗥。

她的聲音聽起來一點都不像是少女的聲音，而是如同浪濤的巨響。

事已至此，已經不容質疑了。

『這、這是————！這股光芒！這道傷口！不會錯！這就是擊敗〈烈風劍帝〉的那招〈龍神附身〉啊————！史黛菈選手此時發動殺手鐧————！』

「怎麼會!?史黛菈同學在她和大哥的比賽中展現過〈龍神附身〉的架勢。可是她剛剛並沒有擺出架勢啊!?」

但是〈龍神附身〉依舊發動了。

珠雫見狀，不解地高喊出聲。

而城之崎白夜在她身後低喃：

「——看來〈紅蓮皇女〉在這場比賽上花的心思，比你我想像的都還要深遠哪。」

「小白，那是什麼意思啊？」

「她原本就不需要做出**以劍自戕**的預備動作。她在〈烈風劍帝〉一戰中這麼做，都是為了這場決賽，是跨比賽的大戰略。她做出那麼大的動作，沒有人會發現那個行為其實毫無意義。她反而在決賽利用這個認知，讓〈無冕劍王〉誤以為她無暇施展〈龍神附身〉，毫無防備進攻的時候，給他來一記絕佳的反擊。」

史黛菈在與〈夜叉姬〉的戰鬥中，第一次發現這個伐刀絕技時，她的確是以劍貫穿自己的身軀，瞬間提高血液的溫度，強行逼出巨龍之力。

但是——只要她一理解使用方式，那就是自己的身體，自己的力量。

她不需要用劍刺傷身體，只需要提高血液溫度，就能發動伐刀絕技。

她是放眼決賽，才刻意在王馬戰中展現那儀式般的舉動。

史黛菈在準決賽時，就設下陷阱對付一輝。

一切正如城之崎的推測，她假裝〈龍神附身〉需要預備動作，打算在一輝發動〈一刀羅刹〉的瞬間，以預料之外的力道施展強力反擊。

不過——一輝的直覺超越史黛菈的策略。

「……難怪，我就覺得戰局發展太順利了。」

「你也不是白白從那些不利的戰鬥中存活下來呢，實在令人敬佩。」

史黛菈心中只有說不完的讚嘆。

她精心策劃這個必勝策略，只為了能在最致命的時機，確實地以〈龍神附身〉一舉擊敗一輝。

沒想到一輝竟然在最後一刻看穿她的計策。

論戰術，她完全贏不了一輝。

「看來這個計策還真是一點都不實際呢，特別是要等你出錯這點。」

她已經沒有其他策略了。

要想以策略擊敗一輝這種程度的騎士，應該重質量而不重數量。

所以史黛菈將一切賭在這唯一的策略上。

但這個策略也泡湯了。

那麼，她該怎麼做？

──她只剩下那條荊棘之道可走。

以力量正面擊敗對手。

而她的對手，是那名擁有〈無冕劍王〉之名的劍術高手。

即使自己已經學會〈龍神附身〉，這個方法的風險仍然相當高。

一輝在戰鬥上的壓箱招數，遠遠超越自己的知識與思考極限。

說實話，她完全無法想像一輝會如何逆轉戰局。
很危險。
這將會演變成相當危險的戰鬥。
所以她才想盡可能以剛才的陷阱決勝負，不過——
——事已至此，她別無選擇。
「————！」
史黛菈舉起〈妃龍罪劍〉，朝著空氣揮出一斬。
剎那之間，超乎想像的龐大力道一掃，空氣重重打在一輝身上，讓他的身體推出數公尺外。
史黛菈單純一揮，發揮爆炸般的劍壓，同時開口說道。
對手識破自己的必勝計謀，她的神情卻洋溢著喜悅：
「我不會繼續空等你失誤。不管一輝多麼熟知我的一切，那都無所謂。我會以力量強行突破——直抵七星之巔！」

◆◇◆◇◆

『這次換成史黛菈選手主動出擊，逐漸逼近〈無冕劍王〉！』
自己的才能，自己的力量。

史黛菈相信自己的一切，主動踏進一輝的領域。

對此，一輝則是：

（冷靜點，我的確沒有料到〈龍神附身〉不需要預備動作，但我早就考慮到她使用〈龍神附身〉的狀況。）

沒錯，一輝可是經歷無數不利的戰局。

他不可能單靠封殺〈龍神附身〉的前提登上戰圈。

他當然模擬過對方成功施展伐刀絕技的狀況，以防萬一。

現在的狀況還在他的預料之中。

因此他立刻讓自己的身心適應眼前的突發狀況。

他曾經在王馬的比賽中見過〈龍神附身〉。

一輝已經從那場比賽中推估出〈龍神附身〉提高身體能力的幅度。

而史黛菈就算施展了〈龍神附身〉，她本身的「絕對價值觀（Identity）」並不會因此改變，她的思考模式依舊相同。

既然如此——一輝的做法仍舊不變。

（第一擊是直線刺往眉間的突刺！我只需要用相同的方法回擊！）

「哈啊啊啊啊啊啊啊啊啊啊!!!!」

但是當一輝正要以〈圓〉回擊史黛菈的突刺，這一瞬間——

他的腦中突然閃過一個畫面——自己的頭部頓時飛出，身首異處。

「────!!!!」

一輝順從自己的直覺，頭部立刻朝右傾斜。

下一秒，一股龐大的風壓狠狠敲擊鼓膜，彷彿砲彈就從耳邊一飛而逝。

（這刺擊未免太……！臉旁的空氣全部飛散了……！）

這一擊遠比預料之中還要更快、更強大，彷彿能擊飛整個空間。

〈龍神附身〉提高身體能力的幅度，已經超出一輝的預想範圍。

他要是以〈圓〉接下這擊，恐怕會因為時機對不上，讓史黛菈一劍砍飛腦袋。

一輝的預想落空了。

（但我也早就料到這點了……！）

說到底，他只是坐在遙遠的觀眾席上觀看王馬的比賽，同時取得那些資訊。

他本來就不打算太依賴那些資訊。

所以一輝才能在短短一瞬間閃過攻擊。

於是他立刻深深彎曲身體，躲過緊接而來的橫斬。

緊接著向後跳步，暫時先拉開距離。

此時一輝正面舉刀。

現在最重要的是取得史黛菈的情報。所以他不急於結束比賽，決定不拘泥於〈圓〉，一邊防守一邊收集史黛菈的資料。

『此時黑鐵選手停下腳步！史黛菈選手當然不會放過他！她飛舞著、跳動著，動用全身施展劍術，強烈且華麗地進攻！不斷地進攻！而且是名副其實，火花四散的猛攻！但是，她的對手是〈無冕劍王〉！他一步又一步踏碎戰圈地板，撐過一劍又一劍猛烈的攻擊！巧妙撥擋每一劍！』

一輝單憑一把細刃接下史黛菈迎面揮下的剛劍。

所有衝擊都沿著雙腳導向地面，完全不讓衝擊影響他的身體。

他完美的防禦態勢徹底抵銷史黛菈的強大力量。

一輝已經完全進入守勢，現在很難動搖他的防守。

並且在這期間，一輝已經正確掌握史黛菈現在的力量——

（現在假裝失守！）

一輝以史黛菈的橫斬為目標，以刀接下，一邊踉蹌退後數步。

這是為了誘導史黛菈使出全力一擊。

然而事實上，這點程度的偽裝對史黛菈不管用。

史黛菈應該會馬上察覺這個陷阱的作用，不過——

（以她的性格，她完全不會在乎陷阱！）

一切就如一輝所料，史黛菈全力劈下一斬，彷彿在對一輝說：「能反彈就反彈看看啊！」

（就將這擊奉還給她——！）

他已經再次測量完史黛菈的潛能。

她的對應就如一輝所想，是由上而下的劈砍。
角度、速度沒有絲毫錯估。
他能完美回擊，而只要將這股力道反彈回去，史黛菈也會出現足夠的破綻。
到時再以〈一刀羅剎〉進攻——比賽就此結束——

「～～～～～～～～～～～～～～～～!!!!」

一輝剎那間拋開這個想法，扭身閃過劈砍。
落空的〈妃龍罪劍〉直接砸向戰圈——
——撕裂大地。
『太、太猛了——！史黛菈選手的巨劍敲中地面的瞬間，地面的龜裂頓時從戰圈延伸至觀眾席——！這股威力實在太驚人了！』
會場的每個人都死盯著這道觸及觀眾席的大裂縫。
一輝也屏息注視著那道斬痕，神情戰慄。
從破壞程度逆算回去，這次斬擊的威力恐怕遠遠超出一輝的預想。
和一輝第一次打算進攻時一模一樣。
但是這兩次有個決定性的差異。
第二次進攻時，一輝觀察史黛菈，估算完她的體能，準備用〈圓〉對上史黛菈的攻擊。而就在關鍵的一瞬間，史黛菈的斬擊力道突然增加了。
她為了勝過一輝，變得更強大。
她在這場比賽當中，逐漸成長。
（這也在預料之中……？）
黑鐵一輝，不要騙自己了。
你根本沒有料想到這個狀況。
不、正確來說，這種程度的攻擊力還在他的預料範圍內，不過——
（史黛菈的那個眼神……）
赤紅雙眸直望著自己。
雙眸之中，是如火焰高漲的鬥志。
而鬥志深處熊熊燃起的……是令人眩目的尊敬之情。唯有這點，超出一輝的預想。
他萬萬沒有料到。
——史黛菈竟然如此畏懼這名叫做「黑鐵一輝」的騎士。
一輝有自信抵銷任何程度的重擊。
假如史黛菈只是盡情施展她身為絕對強者的力量，一輝還是有辦法對付她。
一輝認為她那份身為絕對強者的傲氣，正是自己的勝算。
但是史黛菈卻超出一輝的想像。

她在西京寧音的修行之中，重新取回絕對強者的體悟。

她清楚知道自己自降生之際就是勇猛的獅子，必須常保自身的驕傲，得知自傲的重要性。

可是，史黛菈即使取回自傲，卻完全不認為黑鐵一輝比自己低劣。

所以她才設下跨比賽的陷阱，不擇手段前來取勝。

這名少女擁有如此龐大的才能，卻毫不輕忽一輝這名F級騎士的實力，拚死拚活地想要勝過他。而她為了自己，在這瞬間依舊繼續成長。

——還有比這更令人忌憚的狀況嗎？

現在的史黛菈毫不懷疑自己的最強，也完全不質疑眼前這名男人的最強。這股身為絕對強者的傲氣以及面對敵人的誠懇之心，原本相悖的兩種情感，如今渾然天成地共處於這名少女的體內。

滿懷自信，卻沒有一絲狂傲。

這對一名騎士、一名武人，可說是接近理想、完美無缺的心態。

一輝第一次面對這樣的對手。

所以，他不知道。

面對這樣幾乎無懈可擊的對手。

他完全想不出來。

他想不出有什麼戰術，可以欺瞞這雙注視著自己，真摯、充滿敬意的雙眸。

（我到底、該如何與這樣的對手戰鬥…………!?）

「唔……！」

『哎呀！此時黑鐵選手突然一口氣向後跳步！他退出交叉距離了！方才那一擊震撼他的心靈了嗎!?』

「哥哥退下了!?」

「那攻擊力實在太誇張了，這也沒辦法嘛。」

但是諸星聽見有栖院的低語──

「…………不是因為攻擊力。」

他沉重地否定有栖院。

「咦？」

「那傢伙退下的原因才不是那個，而是更嚴重的狀況啊。」

沒錯，如果只是因為力量占下風，那倒還好處理。

反正一輝的力量原本就輸給史黛菈。

但是狀況並非如此。

真正的原因比這更加沉重。

諸星懊惱地咬緊牙根，怒視著遠離史黛菈的一輝。

（那個大白痴……！他竟然輸給對方的氣勢！）

然而，不只是諸星發現這個事實。

「實在是太不可思議了。」

刀華從觀眾席上辨識一輝體內的生理電流，吃驚地說道：

「那個黑鐵同學……竟然**退縮**了……」

刀華比其他人還要了解他的膽量。

所以她才不敢相信。

一輝在與刀華一戰的時候，即使碰上那般絕境，仍然勇猛果敢。而現在，那名〈無冕劍王〉的體內，竟然流淌著如此懦弱的電流。

史黛菈這名超越常軌的天才，她身上纏繞的霸氣完全吞沒一輝。

（但是即便是如此……）

他的判斷仍舊大錯特錯。

一輝現在選擇撤退，肯定是這場比賽中最遺憾的一步壞棋。

因為——

（史黛菈同學非常習慣追擊畏懼退縮的對手……！一旦戰局演變成這個狀態，情勢就會完全倒向史黛菈同學啊……！）

刀華憂心的狀況馬上化為現實。

一輝只能在交叉距離中戰鬥，但是他退下了。

明明他越是拉開距離，就對他越不利。

史黛菈很了解那是什麼反應。

她還待在法米利昂皇國的時候。

大部分與她對峙的騎士，都曾表現出相同的反應。

因為畏懼而退縮，有如敗家犬的反應。

（雖然不知道是因為什麼，但你的表情變得可真悽慘呢。）

史黛菈望著呼吸急促的一輝，這麼心想。

現在的她，搞不好只用眼神就能殺掉一輝。

他的精神狀況異於往常。

那麼──這就是千載難逢的好機會。

（不能給他時間重振旗鼓……！）

史黛菈輕輕一轉手中的〈妃龍罪劍〉，反握劍柄──

「〈妃龍巢穴(Dragons Nest)〉────!!!」

使勁刺向戰圈。

下一秒，爬滿戰圈的無數龜裂中，顯現出強得無法直視的強光。

緊接著，宛如血液般的火紅噴發而出，撕裂整個戰圈。

『呀啊啊啊啊啊！』

『好燙、好燙啊！』

『不、不會吧，這是……!?』

觀眾們的哀號迴盪在會場中。

不、不只是他們。

「喂喂……亂搞也要有限度吧。」

「……這還真的會嚇死人啊。」

就連黑乃或西京這種等級的魔法騎士，都不免為史黛菈超凡的力量瞠目結舌。

但這也難怪──

『太、太不可置信了！史黛菈選手竟然融解戰圈以及下方的地面啊────！』

正如主播所言，史黛菈直接將〈妃龍吐息(Dragon Breath)〉注入包含場外在內，所有戰鬥區域的地面中，使大地化為熔岩之海。

場上的立足點，只剩下漂浮在熔岩之海各處的強化石板碎塊。

但那些石板也一個接著一個融解，化為小小的碎片，逐漸淹沒在熔岩之海裡。

恐怕再過不到十分鐘，所有的石板就會全數融解。

到時一輝不但耐不住火焰焚燒，更沒了立足點，最後就會自動輸掉比賽。

沒錯，史黛菈藉著〈妃龍巢穴〉，為這場戰鬥設下倒數計時裝置。

這樣一來，一輝就無法四處逃竄。

但比起這個事實，眼前如同地獄的情景更加打擊一輝的心靈。

（怎麼會有這種力量……！）

自己即使再花上數百年、不、甚至是花上數千年努力修練，也無法引發這種超常現象。

雙方擁有的事物差距太大。

上天賦予雙方的才能更是相差甚遠。

（我真的……打算贏過這種怪物嗎……）

一輝注視著史黛菈，雙瞳因恐懼而顫抖。

史黛菈在他眼中，不再是少女的模樣。

巨龍。

高聳入天的巨大火龍。

他不是第一次見到這副幻象。

但是當他拚上性命與之對峙之時，他才真正明白了。

——那股超越常軌的壓迫感。

拿自己與眼前的巨龍相比，自己的存在竟是這般渺小。

更恐怖的是，眼前這隻通天巨龍，竟然認真無比地對付黑鐵一輝這樣渺小的人類。

她一心只想勝過他；

沒有一絲鬆懈，拚命努力；

她不敢輕忽一輝，盡自己所能擬定策略，登上戰圈；

死命地張牙舞爪——只為超越一輝。

這種敵人——

——自己會死在她手上。

天音的能力侵蝕一輝的時候，甚至是他與愛德懷斯對峙的瞬間，他都不曾感受到如此濃烈、不容反駁的「死亡」。

好可怕。

一輝害怕不已，腦中只剩下恐懼。

顫抖從骨髓之中湧上。

而史黛菈並沒有放過——一輝身心同時退縮的一瞬間。

史黛菈的長腿奮力踏向腳下的浮島。

〈龍震腳〉。

她震碎腳下的立足地，在熔岩之海激起巨大的浪濤。

地板隨著波浪搖晃。

突如其來的狀況使一輝失去平衡。

精心培育的肉體勉強阻止自己跪倒在地，但是——

（糟、糟了！）

他給予史黛菈接近的機會。

她無視於滾燙的岩漿，直接奔過熔岩海面，直線拉近她與一輝的距離。她順勢撲向一輝，揮動〈妃龍罪劍〉，斬向一輝的首級。

「嗚啊啊啊啊啊啊啊啊啊啊啊啊啊——!!!」

但是一輝對此，他在危及一瞬間採取的行動，只能讓人對他甘拜下風。

他將原本不穩的重心向前一倒，滾過狹窄的地面。

他從揮劍跳下的史黛菈下方滑向對面，繞到她的背後。

接著一輝立刻跳起身，一刀斬向史黛菈毫無防備的背部。

不過——他並沒有感受到命中的觸感。

(〈陽炎暗幕〉……!)

一輝斬裂史黛菈的背後，同時她的身軀也應聲化為火星。

同一瞬間，真正的史黛菈揮動〈妃龍罪劍〉，從一輝頭上落下。

他即使屈膝跪地，也能立刻轉為迴避。史黛菈很清楚，不論一輝多麼畏懼、退縮，她也無法趁機一舉擊敗一輝。

所以她在施展〈龍震腳〉後，立刻布下〈陽炎暗幕〉，接著縱身一躍。

而一輝全力攻擊結束的現在，他無法快速進行閃躲。

他只能硬吃下這一擊。

史黛菈就如同一輝所評斷的，她以謹慎且冷靜的攻勢，終於將一輝逼入最致命的狀況。

而她揮動右手的劍，準備一劍擊碎一輝的腦門。

（冷靜點！利用這次劈砍的衝擊拉開距離——）

「哥哥——！不能那麼做——————!!」

珠雫放聲大喊時，一切都太遲了。

（咦…………）

〈妃龍罪劍〉砍下之際。

一輝以〈陰鐵〉接劍，準備向後逃竄，但是——

劍上——**空空如也，不含任何一絲力道**。

究竟是為什麼？

當一輝察覺這件事的剎那——

——前所未有的衝擊貫穿一輝的腹部。

「～～～～～～～～～～～～～～～!?!?!?」

史黛菈有如烙鐵般閃耀光輝的左拳，刺進一輝的腹部。

方才單以右手施展的劈砍只是誘餌。

真正的攻擊是腹部重拳。

史黛菈在第一輪比賽對上〈不轉〉多多良幽衣的時候，也曾用過這個組合連擊。

就像是燒得滾燙的鐵球以超高速打中身體，龐大的衝擊一擊貫穿腹肌，徹底擊碎一輝的肋骨。不只如此，高熱更藉此燒灼內臟。

非比尋常的損傷已經遠遠凌駕於人體所能承受的程度。

而這一拳——

「咳、呃……啊……——」

直接攫取黑鐵一輝的意識。

一輝嘔出混雜沸騰血液的嘔吐物，身體失去力氣。

雖然沒有倒地，但是他的雙瞳已經失去光彩。

他喪失意識。

只留下一具空殼。

史黛菈見狀——

（得手了——！）

她揮出最後一擊。

為了登上七星之巔——

為了超越那道追尋已久的那道背影——

竭盡全力的一擊——…………………………!!

刀刃斬裂骨與肉，感受到穿透而過的手感。

比岩漿還要赤紅的鮮血噴出，沾溼化為白色浮島的戰圈。

那灘鮮血沸騰滾燙，彷彿能噴出火似的。

「咦………？」

只有一個人擁有這樣的血液。

那是屬於〈紅蓮皇女〉史黛菈．法米利昂的——

——巨龍之血。

◆◇◆◇◆

『『喔喔喔喔喔喔喔喔喔喔喔喔喔喔喔——————!!』』

『反、反擊的一斬———！大家以為比賽即將決出勝負，就在這個剎那！宛如空殼的黑鐵選手突如其來地反擊———！從史黛菈選手的斜下方奮力一斬———！戰局出乎意料地大逆轉啦啊啊啊啊啊！』

『這、這是〈圓〉啊！他吸收史黛菈選手施展的那一擊，直接轉移在刀上反彈回去了！實、實在是難以置信！他傷到那個地步，竟然還能還手！』

「呃、哈啊！」

『史黛菈選手跪倒在地了！滾燙的血液灑落在白色戰圈上！她的出血異常嚴重！』

（這傷勢、太糟了……！）

史黛菈的腹壓增高，彷彿隨時會擠出內臟。她按住傷口，痛苦低吟。

史黛菈身負巨龍之力，這傷勢對她來說還算不了致命傷。

但是即使仰賴巨龍的生命力，這次傷勢仍然大到需要耗費時間復原。

至少她還有數十秒無法正常行動。

一輝要是現在追擊她，她恐怕會敗在他手下。

史黛菈驚覺這點，於是擠出全身的力氣逃跑。

『史黛菈選手身形不穩，同時向後撤退！她拉開距離了！』

「嗯、啊～～～～～！」

不過史黛菈才跳離一個浮島的距離，她的身體再度不支倒地。

視野搖晃，四肢無力。

失血太嚴重了，身體生成血液的速度完全追不上出血。

但是比起身體的重傷，她的心靈更是受到嚴重打擊。

一個疑問塞滿她的腦中。

——究竟是為什麼？

她應該已經攫取一輝的意識了。

不、這並非過去式。事實上，史黛菈現在也不認為一輝恢復意識了。

但是他為什麼能使用〈圓〉反擊？

莫名其妙。

史黛菈陷入這無解的疑惑。而她面前的一輝，也終於取回意識。

「…………………………」

而他見到眼前的史黛菈因為負傷而撤退，先是感到吃驚——

（……這是、我做的…………？）

即使他毫無意識，手中仍然殘留斬裂史黛菈肉體的觸感。

他這才明白，自己下意識以最完美的形式迎擊史黛菈。

這個觸感——起死回生的〈圓〉所留下的餘韻，還殘留在一輝全身。

一輝清楚地理解，自己是如何作動自己的身體。

正因為如此，他才察覺到——

他的這一擊，絕非是特別稀奇的一擊。

這並不是奇蹟似地施展絕佳的致命一擊，動作也不是特別差勁。

平凡無奇。

一輝為了迎擊史黛菈的全力攻擊，經過數千次的模擬組成的，〈圓〉的劍招。
一而再、再而三地重複，將劍招的動作刻劃在血肉中。
他只是下意識地施展那些劍招。
——因為他不想輸。
他的身體、血肉逼退心靈上的恐懼。
——要他相信自己。
體內的跳動現在依舊強烈地吶喊著，使勁敲擊一輝的耳朵。
「…………」
一輝聆聽著身體的怒吼，輕聲對自己道歉。
抱歉。
F級——他擁有的力量，頂多是一般人再多上一點點。
他仰賴身上杯水車薪的力量，以〈大英雄〉黑鐵龍馬為目標，踏上騎士之道。
他一直勉強這副身體。
而且是以**放棄**生存本能的方式勉強自己。
一路強迫自己。
事到如今，他不能輕易戰敗……不對——
——**他絕對不會輕易戰敗**。

（沒錯……）

他一直以來，都是異常嚴厲地鍛鍊自己。

但是自己的心靈卻擅自畏懼史黛菈，讓她壓倒性強大的才能吞沒自己。

這場比賽唯有在**緊要關頭**時堅信自己的人，才能取得勝利的機會。但是看看他，多麼愚蠢。

自己的才能比誰都低劣。

他早就明白這點，才踏上這條路。

他堅信著，就算是沒有才能，只要自己卯足全力，一定能勝過最強的她。

這個想法本來就是毫無根據。

他單靠自己的毅力，一路奮戰到今天。

而即使過程不算順利，他也貫徹到現在。

但為什麼是今天？偏偏只有今天，他卻懷疑自己!?

為什麼他無法相信渺小的自己，有辦法戰勝眼前的擎天巨龍!?

他幾近虐待地強迫自己，即使身軀發出悲鳴，依舊拖著這副身體——

他藉助那麼多人的力量，踐踏無數人想取勝的那份決心——

他才終於抵達**現在**啊……！

（我這個大蠢蛋!!最重要的**生死關頭**，就是**現在**啊!!）

「！」

下一秒，一輝使勁蹬地，跳離浮島。

他的目的地——不是史黛菈所在的浮島。

而是漂浮在熔岩之海中央，最大的一塊戰圈碎片。

他在那停下腳步——

深深吸了一口氣，接著——

『這、這、這是！這個光——！』

『喂、喂喂，該不會！』

『這是——』

〈無冕劍王〉的身軀緩緩浮現絲絲藍光。

會場頓時一陣譁然。

這也難怪，他們沒有看錯。

他身上湧現的大量魔力，這股光芒正是〈無冕劍王〉的壓箱寶，一天只限一次的殺手鐧。

當一輝使用這一招時，大多是比賽的決勝時刻。

但是大多數人都對一輝的舉動抱持疑問。

——為什麼是現在？

早在一輝恢復意識之前，史黛菈的傷口已經癒合得差不多了。

或許她的潛能會下降些許，但那也只剩下數秒左右。

將這稱作「勝利的時機」，未免太過短暫。

不過，一輝決定不去顧慮這些。

既然對手毫無可乘之機，也不需要管什麼時機了。

他現在應該做的只有一件事。

他能做的，也只有一件事。

他直到今天為止都一直口出狂言，明明自己身為F級，卻嚷嚷著不想輸給任何人。而他現在必須讓自己這個大蠢蛋相信自己！他一定要相信這具追隨自己直到這一刻的身體，相信他短暫人生中累積至今的一切！

——來吧，絞盡一切。

力氣、體力、魔力——自己的全部。

積年累月的經驗，跨越死地的記憶——自己的極限。

這具身體、這副心靈，現在身處於此地，所有屬於「黑鐵一輝」的一切——

將它全部耗在接下來的一分鐘內。

不需要考慮結果。

戰敗的事，戰敗之後再來想。

現在只需要向前邁進。
直到耗盡全力為止，不斷前進。
不論是輸是贏——

經過這場戰鬥之後，**自己連灰燼都不會留下——!!**

「放————馬————過————來啊啊啊啊啊啊啊啊啊啊啊啊啊啊啊啊啊，史黛菈啊啊啊啊啊啊啊啊啊啊啊啊啊啊啊啊啊
啊啊啊啊啊————!!!」
有如咆哮一般的吶喊，伴隨著熊熊燃起的蒼藍焰火，震撼整個會場。
吶喊麻痺空氣，在熔岩之海上引發陣陣波浪。
聲音裡蘊含赤裸裸的鬥志。
一輝是這麼說的。
就讓我們兩個在正中間盡情廝殺吧。
史黛菈聽著一輝的邀約，無奈地揚起微笑。
——是啊，沒錯。
這個男人不會夾著尾巴逃走。
必然會演變成這個局面。

那麼自己該如何應對？

乾脆四處逃竄，直到〈一刀修羅〉的時間結束嗎？

——這才是愚蠢中的愚蠢。

史黛菈是這麼認為的。

她是一流的騎士，所以她才能明白。

這場戰鬥，**已經脫離爾虞我詐的境界**。

她只要一退，一輝就會毫不留情追擊選擇逃避的自己，直接擊敗她。

一步。

那怕只退上一步，先退後的人就會輸。

從現在開始的一分鐘，等同於靈魂之間的對決。

——那麼，她的選項只有一個。

她絕不後退！要以力量擊敗對手！

沒有問題，正合她意。

她原本就是這麼打算的！

「呀啊啊啊啊啊啊啊啊啊啊啊啊啊!!!!」

「喔喔喔喔喔喔喔喔喔喔喔喔喔喔喔喔喔喔喔喔喔喔喔喔——————!!!!」

下個瞬間，兩名騎士全力衝撞彼此。
於是聚集在這個會場的人目睹、並記住這一切。
接下來即將開始的——宛如寶石般的一分鐘。

◆◇◆◇◆

『蒼藍與紅蓮的斬光互相交錯！從伺機而動的技巧戰一轉而變！兩人身處於敵手的最佳有效距離（Critical Zone）中，以刀刃、以靈魂互相衝撞！絕不退縮！絕不退下任何一步！兩人在岩漿海的中心，以意志互相抗衡——！』
『聲、聲音好誇張！』
『耳朵好痛……！』
『皇女殿下，就這樣一口氣幹掉他——！』
『一輝不要放棄！你可以贏的——！』
一輝認定此時此刻為決勝時機，發動殺手鐧——〈一刀修羅〉。
史黛菈則是正面回應他的挑戰。
觀眾們為兩名選手之間的意志相爭，送上如雷貫耳的聲援。
但是所有聲音都無法進入兩人耳中。
雙方都專注在眼前的敵人身上，雙眼只映照著敵人的身影——

——全身細胞激昂不已，全都是為了擊敗對手。

「哈啊啊啊啊！」

「————！」

史黛菈的一擊有如落雷。一輝的雙臂承受這擊，頓時一陣麻痺。

（她的回擊漸漸變快了！）

〈圓〉是將劍上承接的衝擊，藉著迴轉身軀讓力道循環全身後，反擊給敵人。

但是史黛菈的斬擊經過無數次的刀劍相交，速度逐漸增加，一輝迴轉的第一道步驟慢慢追不上她了。

——她還在持續成長。

在這場火花四散的刀光劍影之中，史黛菈為了超越一輝，以驚人的速度不斷進化自身的肉體、自身的劍。

再這樣下去，她的下一擊就會超越一輝了。

但是——

（我也和她一樣，正在持續成長！）

「喔喔喔喔喔喔喔喔！」

「唔……！」

下一秒，一輝的斬擊化為漆黑閃光，伴隨氣勢驚人的喊叫襲來。史黛菈不禁瞪大了眼。

她究竟在驚訝什麼？

原因就在於，一輝改變劍招。

（他剛才沒有迴轉身體……！）

一輝至今擋下史黛菈的一擊後，便會有如陀螺一般旋轉身體，立刻將力道反彈回來。

他是藉著這個動作，與史黛菈的強力攻擊互相抗衡。

但是剛才一輝**並沒有抵擋史黛菈的斬擊，而是自己主動出刀一斬**。

這代表雙方的抗衡從攻擊對上防禦，轉變為攻擊與攻擊的衝突。

本來史黛菈面對這個狀況，擁有絕對優勢。

說到比力氣，史黛菈絕對不可能輸給一輝。

但是——就在剛才，她的眼前上演了這不可能的場景。

攻擊與攻擊衝突後的結果，史黛菈的劍竟然微微居於下風。

為什麼？

原因只有一個。

史黛菈感受著麻痺雙臂的衝擊，明白個中道理。

那是〈圓〉。

在這場高速刀劍戰中，一輝明白需要旋轉身軀的〈圓〉會落於人後，於是他馬上**重新構成**自身的招數。

他不藉由圓運動循環，**不去承接**傳入手臂的衝擊，改以上半身的肌肉控制（Muscle control）驅使背闊肌，使肌肉彷彿交錯一般地循環力道，在剎那之間引導至自己的斬擊，直接送還給對手。

他要做到這點，全身不能有任何一絲僵硬。

只要有一處僵硬，導入體內的衝擊就會在該處引爆。

全身肌肉必須無止盡地放鬆，使其保持近似於液體的狀態。

肌肉必須變得比身體沉睡時更加柔軟、鬆弛。

——而且是在這激烈的打鬥中維持這個狀態。

眼前的男人竟然辦得到這點，這讓史黛菈不由得全身戰慄。

這傢伙太誇張了，簡直難以置信。

但是在同時，胸口更是燃起一股炙熱如烈焰的情感，瞬間燃燒這份驚愕。

她怎麼能輸給他！

既然對方變得更強，她也——

（我只要使出他無法引導的一擊就行了！）

「哈啊啊啊啊啊啊——————!!!!」

一輝讓〈圓〉進化到另一個境界。同一時間，戰局也越演越烈。

雙方從攻防之間的交錯，轉向攻擊與攻擊的正面衝突。

雙方不再進行防禦，而是互相以全力的斬擊反制對手。

一輝以速度追趕。

史黛菈以力量壓制。

竭盡手中所有的力量。

鋼之魂魄彼此衝撞。

雙方衝突之時閃現的火花，遠比夜間照明更加燦爛、耀眼；震耳欲聾的鏗鏘聲，在這猶如地鳴的歡呼之中，依舊能敲打最上層觀眾的耳膜。

在每個人的耳目之中，都是一目了然的。

戰場上的雙方，**都是帶著殺意揮劍**。

交錯的每一刀、每一劍，是那樣堅決、果斷。

只要微微退後些許，那一方就會遭到斬殺。

明明雙方是深愛彼此的情侶。

但即使如此，見到這副光景的每一個人，都不曾質疑兩人的愛。

因為──

『好美………』

兩人只注視著彼此，漸漸登上顛峰的模樣──

就彷彿是彼此攜手共舞一般。

珠雫望著兩人的身影，低聲呢喃：

「我好羨慕史黛菈同學……………」

「珠雫？」

「哥哥假如是對上我，一定不會像這樣揮灑自己的熱情。他一定會為了不傷到我，小心翼翼，謹慎地……手下留情。但是……他面對史黛菈同學就不會放水，他會毫無保留地對付她，因為他相信……史黛菈能接受自己的一切………」

珠雫心想。

這個女人真的很討厭。

自己只要稍微挑逗兄長，她就會生氣、鬧彆扭。

她根本不需要不滿。

「哥哥的眼中，已經只有她一個人了啊。」

「珠雫……」

「法米利昂和黑鐵，兩個人都令人大開眼界啊。」

新宮寺黑乃在離珠雫等人稍遠的地方觀戰。她如此感嘆道。

「他們透過戰鬥，以恐怖的速度不斷成長。」

技巧、力量、速度，甚至是其他的一切。

這副景象，彷彿是兩顆寶石互相撞擊，互相琢磨彼此。

雙方便以加速度急遽增加彼此美麗的鋒芒。

但是，隔壁的西京寧音理所當然地說道：

「這當然啦，他們兩個可是勁敵呢。」

「……原來如此，說得也是啊。」

黑乃明白西京的意思。

她們也還銘記在心。

當時的她們，正好和史黛菈、一輝年紀相仿。

而她們的對面，站著她們寧死也要戰勝的對手。

那場七星劍武祭決賽，她們激烈地交戰。

黑乃與西京，她們至今仍舊牢記著當時的每一分、每一秒。

那段時間是多麼地滿足。

她們心想：只有這傢伙、她絕不能輸給這傢伙，拚死奮戰數十分鐘。

不論是在那之後、還是之前，都無法像那個瞬間一樣，測試自己的極限。

她們憎恨對手，憎恨到想一刀殺死對方，卻也從對手身上感受到深刻的愛情，想緊緊擁抱對方。那一刻，就是這樣充滿熱情的時刻。

她們記憶中最燦爛的那段時間。現在一輝和史黛菈就置身於同樣的時間之中。

——不，或許還在她們之上。

因為這兩人既是彼此最強的勁敵，也是彼此最愛的戀人。

對於勁敵的愛情，以及面對情人的愛情。

他們能將兩種無可替代的熱情，灌注在同一個人身上。

那究竟是多麼——

「那對我們騎士來說，究竟是多麼值得喜悅……」

「看他們的表情就一目了然啦。」

西京的扇子指向戰場——

一輝與史黛菈的臉上，浮現著齜牙咧嘴般的猙獰笑容。

他們已經不記得彼此揮刀打鬥的次數。

他們手上的鋼鐵，究竟衝撞幾十次？

他們施展的全力一擊，究竟衝突幾十回？

即便如此，眼前的敵人依舊毫不退縮。

一步都不肯退下，敵人的靈魂之刀不斷地回擊，而且更快、更強。

為了贏過這樣的對手，自己也必須變得更快、更強——

無止盡地切磋、琢磨彼此，漸漸登上高峰。他們要是沒有遇見眼前的「敵人」——他們的可能性恐怕要花上數年、甚至數十年，才能開花結果。

兩人在這個瞬間，確實感受到了。

——兩個人一起前進，一起踏上騎士的高峰。

他們正在實現那一天的約定。

……但是，不論多麼美好的時間，終究有結束的一刻。

而當一切落幕之時，戰圈上只會留下一名勝利者。

登上顛峰的，只能有一個人。

兩人置身於戰鬥的世界之中，他們很清楚這點。

因此他們為了登上那唯一的頂點，再次加速。

「「————!!!!」」

此時場內響起更大的刀劍聲響，整個會場因興奮而顫抖。

兩人的熱情像是散播出去似的，觀眾們心中高昂，雙瞳炙熱。

就在這狂熱的漩渦之中——

只有一個人，

彷彿在強忍痛楚，

那名女子露出悲痛的神情，注視戰圈之中。

那是〈比翼〉——愛德懷斯。

（最後，果然會演變成這種局面啊。）

她哀傷地凝視兩人的戰鬥。

這場戰鬥的確非常美妙。

雙方榨取自身的可能性，無止盡地琢磨彼此。

這副景象……是那樣燦爛、美好。

這對雙方來說，都是他們心目中最棒的一場戰鬥。

但是，愛德懷斯很清楚。

——一旦演變至這個局面，**就只會剩下一個結果**。

而這個結局……將會是無與倫比地悽慘、殘酷。

過不了多久，這個結局就會以明確的形式呈現在眾人眼前。

雙方的拚鬥失衡——〈無冕劍王〉的身體大大向後退去。

◆◇◆◇◆

『此時雙方的對峙失衡了！黑鐵選手一個不穩，他後退了——！』

這場靈魂之戰，只要退上一步就會輸。

而就在剛才，雙方分出優劣。

一輝的雙瞳訝異地顫抖著。

他的訝異——並非驚訝自己輸了勢頭。

（……這是…………）

一輝看見了。

從某個瞬間，眼前突然出現漆黑的鐵環——

無數的鋼鐵鎖鏈彷彿蛇身一般捲上身軀，讓自己動彈不得。

而史黛菈則是看準時機，補上猶如烈火的猛烈追擊。

剛劍呼嘯，逐漸逼近。

一輝立刻施展〈圓〉，打算重振旗鼓，但是——

喀鏘！

延綿全身的鎖鏈緊緊束縛著他，彷彿另一端連接著山壁似的，絕望般的重量阻斷他的行動——

『黑、黑鐵選手無法反擊！無法還手！只能迫於防禦——！』

「哥、哥哥!?」

珠雫見到兄長突然開始無法招架對手的攻擊，不解地發出哀號。

身旁的有栖院也同樣感到疑惑。

「為什麼!?剛才一輝的動作，像是突然變遲鈍似的……」

「該不會是〈一刀修羅〉的限制——」

不過——

「並不是。」

諸星果斷地否定兩人的想法。

他身為全國首屈一指的強者，他看到的狀況比兩人多上更多。

「〈一刀修羅〉還在繼續，他的動作也沒有變遲鈍，只是對比之下看起來像是變遲鈍而已。」

「對比……也就是說……」

「黑鐵突然沒辦法跟上公主殿下的動作了……!」

而眼前的戰局——

「終於還是來了。」

愛德懷斯哀傷地低語道。

沒錯，這就是她所預見的結局。

「妳知道他們為什麼無法繼續抗衡嗎……?」

莎拉正在素描戰鬥中的兩人，此時她停手問道，愛德懷斯則是回答：

「說得直接點——就是命運。」

「命、命運……？」

「伐刀者從出生的瞬間，就已經確定他的魔力總量。

在這個世界上，背負越龐大的命運，他的力量就越強。

所謂的魔力，就是超越常理，革新世界的力量。

但同時也代表著——**一個人在出生的瞬間，就已經註定他在這個世界上能辦到什麼**。

他們兩人就在剛才，以驚人的速度琢磨著彼此。

他們在這一瞬間，就跨越了未來數十年份的路途。

最後的結果……〈無冕劍王〉走完了最後一步——

那就是他自己的——**可能性的盡頭**。」

「…………！」

沒錯，這就是他們不再能繼續抗衡的原因。

黑鐵一輝在這一分鐘內用盡一切。

其中包括他在這個世界上，他所擁有的一切可能性。

黑鐵一輝的前方，沒有任何道路。

上天在他降生之際，就註定他的命運，而這份命運不允許他繼續向前進。

而史黛菈・法米利昂不一樣。
她從出生的那一刻，上天就允許她能走得比別人更高、更遠。
因此她的盡頭還非常遙遠。
她還能不斷成長。
命運的鎖鏈緊緊將一輝鎖在地底，而她不一樣。
史黛菈一出生，就擁有能夠翱翔天際的羽翼。
那麼，兩人的勝負已經很明顯了——

「雖然這麼說很可憐……但是他已經無法跟上〈紅蓮皇女〉了。」

即使擁有再多技巧與努力，他也無法動搖這絕對的生存序列。
正如愛德懷斯所言，這個序列之差決定了兩人的勝負。
他已經達到可能性的最高點。
因此他無法抵抗史黛菈的追擊——
「呀啊啊啊啊啊!!!!」
「嗚——!」
刀刃咬合的瞬間，爆炸般的衝擊使勁彈飛〈陰鐵〉。
身體失去支撐，姿勢不穩。

史黛菈再次向前，由下往上施展重拳。

她方才便是以相同的劍拳連擊擊中一輝。

但是這次她並沒有直接命中。

一輝緊急拉回〈陰鐵〉，在最後一刻以刀柄擋下重拳。

刀刃來不及，就以刀柄抵擋。

無法違抗的命運決定兩人之間的高下，對手的攻擊仍然無法輕易命中他。

他靈活的高度防禦能力，只能令人甘拜下風。

但是這也僅只是垂死掙扎。

一輝承受重拳的瞬間，雙腳硬生生從地面上拔起。

一輝的身軀彷彿紙屑一般，被巨龍的臂力狠狠擊飛。

就在這個瞬間——

「煉獄之焰，貫穿蒼天！」

〈紅蓮皇女〉施展自己的必殺一擊，準備為這場勝負畫下句號。

〈妃龍罪劍〉燃起熊熊烈火。

熾盛狂亂的炙熱之焰，瞬間提高溫度與亮度。

形體從搖曳不定的火焰，轉化為足以燒卻陰影的強光。

最後光束構成一把高聳入天的巨大光劍。

史黛菈手持光熱之劍──

「燒盡一切！〈燃天焚地龍王炎(Calusaritio・Salamander)〉──────!!!!」

朝著騰空的一輝，使勁揮下。

一輝無法躲避，完全辦不到。

因為他已經沒有立足之處了。

他只能高舉自身的靈裝，接下那把足以開天闢地的光之刃。

但是他連這件事都做不到。

即將燒卻一切的光之洪流吞沒他的意識──

下一秒，一輝的世界由白轉黑，陷入一片黑幕。

◆◇◆◇◆

『史黛菈選手的大絕招〈燃天焚地龍王炎〉直接命中────！

黑鐵選手的身體騰空，無法動彈。這一擊連同巨大液晶螢幕，直接斬開了！

焦黑的斬痕一路延伸至岩漿海前方的眺望臺！

而斬痕的底部，焦黑破爛的瓦礫深谷中完全不見黑鐵選手的身影！

他可能已經被埋在瓦礫堆之下了！

『完、完蛋了……他竟然直接吃下最不能接的一擊啊。』

『一輝……』

『這樣看來，比賽也差不多成定局了吧……』

史黛菈的一劍甚至熔斷眺望臺。觀眾們注視臺上的焦黑斬痕，議論紛紛。

那一擊明顯足以致命，誰來判斷都一樣。

在這陣騷動之中，主審開始場外計時。

『主審開始場外計時了！假如黑鐵選手無法在十秒之內回到場內，這場比賽就由史黛菈選手獲得勝利！不過，該怎麼說呢？我總覺得現在乾脆不要計時，趕快進場救出選手比較好。〈紅蓮皇女〉的必殺技可是直接命中黑鐵選手……』

不過賽評席上的海江田卻以否定蓋過飯田的發言。

『……不，她並沒有直接命中。』

『是這樣嗎!?』

『正確來說，我指的是百分之百的直接命中……這次史黛菈選手為了斬殺身體騰空的黑鐵選手，幾乎是以快轉的模式施放〈燃天焚地龍王炎〉。這個伐刀絕技是聚集火焰的招數，無論如何必須要花上一定時間『聚力』，不過這次她的『聚力』時間非常短，招數的威力也沒有像〈烈風劍帝〉戰時那樣驚人，那次可是連海都劈開了呢。再加上〈一刀修羅〉提高的魔法防禦力，他或許還有可能在十秒之內取回意識。』

『這、這樣說來，您認為黑鐵選手還有機會囉？』

海江田卻搖搖頭：

『……不、很可惜的，即使他恢復意識，也早已過了〈一刀修羅〉的發動時間。黑鐵選手應該已經耗盡自己的全部……就算他醒過來，他也不可能再做些什麼。』

因此，海江田是這麼認為的。

這次計時，是主審對兩人表現出的誠意。

『喔、喔喔！史黛菈選手原本望向可能埋著黑鐵選手的眺望臺，此時她轉開視線了！她似乎已經肯定自己的勝利，也確信〈無冕劍王〉無法再站起來了！』

正如主播所言，史黛菈已經確定了。

這場戰鬥不會繼續下去。

現在只需要聽完主審的計時即可。

待裁判的計時刻下「十」的數字，自己就成功超越一輝。她終於超越他。

──到那個時候，就將這把劍高指向天吧。

讓在場所有人知道，自己已經站上巔峰。

『三！四！五──』

而認定這場戰鬥勝負已定的，不只是史黛菈。

（…………哥哥，已經夠了……）

一輝的親人——珠雫也明白，這場戰鬥已經到了盡頭。

一輝敗給史黛菈了。

這是無可動搖的事實。

但是她不覺得悲傷。

也不覺得悔恨。

——不如說，她為他感到驕傲。

因為她自豪的兄長，勇敢地戰鬥到最後一刻了。

他擁有的可能性，本來必須花上數十年才能開花結果。他卻在此時用盡所有的可能性。

所有人見過這場戰鬥後，絕對不會說兄長是個弱者。

（哥哥已經是個了不起的英雄……）

他甚至可以抬頭挺胸，將〈大英雄〉黑鐵龍馬的那番話送給任何人。

珠雫以外的人望著崩塌的瞭望臺，臉上的表情也像她一樣，沒有哀傷，有的只有憧憬。

觀眾、好友們、教師們、一起邁向七星之巔，互相競爭的勁敵們，所有人都一樣。

沒有一個人要一輝「別放棄」、「繼續加油」。

他們在最近的距離守候著這場戰鬥，他們很清楚。

一輝真的已經竭盡全力，戰鬥到最後了。

所以沒有一個人開口吐出那些少根筋的鼓勵。

他們的雙眼蘊含著即將奪眶而出的敬意，雙耳傾聽著終結比賽的計時聲。

一輝的支持者、史黛菈的支持者，在場的每個人——

他們在心中默默決定，等到計時結束後，他們要同時為勝者與敗者送上真心的掌聲。

每個人——沉默不語，靜靜地等待那個時刻到來。

於是，場內陷入剎那之間的沉默。

一片寂靜之中——**突然發生異狀**。

喀鏘一聲——

鋼鐵摩擦的聲響，傳入眾人的耳中。

◆◇◆◇◆

「——」

當一輝回過神來，他已經置身於黑暗之中。

他趴倒在一片彷彿鐘乳洞般冰涼的岩石地面上。

黑色鎖鏈仍然捆住四肢，並且延伸到他後方的漆黑之中。

──那個時候。

他與史黛菈進行攻防時，突然出現這些黑色的鎖鏈。

一輝自己也明白。

這個鎖鏈，就是自己的命運。

畢竟是發生在自己身上，他當然心知肚明。

他很清楚。

這個漆黑無光的洞窟，就是**自己的盡頭**。

原來如此，這個地底深淵與F級的才能的確相當匹配。

這具身體沒有權利繼續前進了。

命運鎖鏈以無法違抗的重量阻止他前進。

但即使沒有這些鎖鏈，他的身體早就不剩半點力氣，連一步都踏不出去。

他真的耗盡一切。

力氣、體力、魔力──他所擁有的一切。

他丟出手中的籌碼，賭在那一分鐘上。

所以他已經空蕩蕩的了。

彷彿只要風一吹，他就會隨之飄散。
不過，這就夠了。
已經很足夠了。
他真的盡了最大的努力。
灌注所有生存之力，耗盡自身的可能性——
——即使如此，他還是輸了。
這也是無可奈何。
他甚至可說是做得很好了。
就算只有短短一分鐘，他仍然正面與〈紅蓮皇女〉奮戰到底了。
這份記憶將會刻劃在人們的心中，做為歷史留存於後世。
他就算沒有達成原本的目標，沒有獲得冠軍，又有誰能責備他？
這是個能令人接受的結果，他不論面對誰都能抬頭挺胸。
這場敗北，將會令他滿足。
這種滿足——
這種毫無意義的滿足，不存在於一輝胸中的任何一處。
「——————唔……」

「喀鏘──」黑暗之中，鎖鏈互相摩擦。

一輝趴伏在地，氣力全失，一步都動不了。但是這個男人依舊伸出右手。

接著奮力抓住溼潤的岩石地面。

「──！」

他使勁抓住地板，指尖幾乎要瘀血，彷彿爬行似地想要前進。

但是，他當然無法前進。

名為「命運」的鎖鏈牢牢束縛住他的身軀。

鎖鏈緊緊相扣，沉重如山，難以動搖的重量捉住這具身體。

手指滑落。

指甲應聲剝離。

劇痛、出血，一切僅是徒勞，他只是在傷害自己罷了。但是──

「──喔喔……」

一輝不顧傷勢，失去指甲的指尖再次緊抓岩石。

他的力道比方才更強，硬是拖著這具精疲力盡的身體前進。

他為什麼要這麼做？

他為什麼做得到這種事？

他耗盡自己的可能性，如今究竟是什麼驅動這副空蕩蕩的身軀？

是身為騎士的自尊？

不，那種東西早已化為灰燼。

是對黑鐵龍馬的憧憬？

不，那種意識早已燃燒殆盡。

催動一輝的事物，只有一個。

就是他心中燒也燒不盡的那份情感。

區區一分鐘根本無法耗盡的愛意。

只獻給一名少女，他那份永無止境的熱情。

「喔喔喔喔喔──────」

一輝心想。

假如他沒遇見史黛菈，假如他和史黛菈互不相識──

自己一定會滿足於這小小的洞窟。

他會因為窮極自己的一切而知足。

但是，他們相遇了。

他們邂逅彼此、觸碰彼此──墜入戀情。

他們一起共度無數時光，怯生生地拉近彼此的距離，偶爾會吵個架，卻又因此加深對彼此的情意。對一輝來說，那每一分、每一秒完全不輸給剛才的一分鐘，全都是如同寶石般珍貴的時光。

——我喜歡史黛菈。

他比世界上的任何人，都深愛著她。

正因為如此——他怎麼能繼續在這種地方睡大頭覺！

「喔喔喔喔喔喔喔喔——」

他立起膝蓋，撐起上身，全身牽引著鎖鏈。

鎖鏈則是鏗鏘作響，同時緊扣著一輝的身軀，幾乎要壓碎他的全身。

鎖鏈擦破皮膚，扯碎肌肉，壓迫骨骼。

這些痛楚、如山一般的重量，都在告訴一輝：

別白費心機了。

你就只能到此為止。

這裡就是你的終點。

一輝只吐出一句：「那又怎麼樣！」，否定這一切。

命運不允許他繼續前進，但那又如何？

他才不管這些。

那種理由無法讓他停下腳步。

因為就在他裹足不前的這個時候，史黛菈會越走越遠。
她會拍動與生俱來的羽翼，飛得更高、更遠。
於是總有一天，她將會遇見。
那與她擁有相同羽翼的——**新的勁敵**。

他——絕對不要。

他絕不允許這種事情發生。
史黛菈的心靈、身體、心目中的最愛——心目中的最強。
她的全部——所有的一切。

他絕不讓給任何人……！

——所以，燃燒吧。
他的燃料，就是胸中這份即將滿溢而出，永無止境的「情意」。
他仰賴「情意」的力量，向前再踏出一步。
他可以的。
一輝比誰都不願意順從命運，所以他很清楚。

不論擁有多麼優秀的才能，沒有「意志」就無法前進。

——全身燒焦漆黑，仍然毫不氣餒。

——被他人判定無法再戰，仍舊毫不放棄。

——吞下悔恨得全身顫抖的敗北，依舊持續挑戰。

正因為人們擁有這樣的「意志」，才能不斷前進。

這份「意志」，讓自己能比一分鐘前的自己更加強大。

那麼這份意念，**才是足以開闢命運的力量**。

走吧。

手持胸中這份取之不盡的「意志（力量）」。

即使這裡是地底深淵，也要扯斷鎖鏈，向前邁進。

即使這具身體沒有羽翼，照樣衝上天際，來到妳的身旁。

無論何時，

不論何處，

我都想在世界上最愛的妳面前——

『你要在我面前一直保持最帥的模樣啦，大笨蛋————!!!!』

保持自己最帥的模樣……！

「喔喔喔喔喔喔喔喔喔喔啊啊啊啊啊啊啊啊啊啊——!!!!」

下一秒，一輝的右腳向前踏出一步，同時鎖鏈斷裂、迸飛。

——黑暗的世界滿溢著光亮。

◆◇◆◇◆

就在計時抵達九秒的瞬間，發生異狀。

巨蛋內所有觀眾的視線，全都聚焦在眺望臺上的斬痕。

上頭的瓦礫彷彿遭到利刃切開，碎成碎片，接著彷彿爆炸般地**拋向天空**。

『『『什————！』』』

焦黑瓦礫飛向天空，同一時間，一道藍光彷彿箭矢般飛出，刺中史黛菈所在的大浮島上。

當然，那不是什麼箭矢。

那道猶如火焰的蒼藍光芒，不是別人。

正是〈落第騎士〉——黑鐵一輝。

每個人都認為比賽勝負已定。

他卻徹底逆轉這個結局。

驚訝與疑惑動搖整座巨蛋。

『什麼————!?太、太不可思議了!黑鐵選手竟然在那種狀況下，在九秒時回到戰圈內啊啊啊啊!!而、而且、他的模樣……………!他全身湧現出魔力!這魔力還明顯比剛才更強!他使用〈一刀修羅〉之後，應該已經耗盡魔力了!這究竟是怎麼回事!?』

飯田轉頭向擔任賽評的海江田尋求解答。

不過他和飯田、其他觀眾一樣，因為眼前難以置信的現實啞口無言。

『我、我不知道!我也從來沒見過這種狀況……!』

但是也難怪他會出現這種反應。

一個人的魔力根本不可能增加。

所謂的魔力，也就是超越常理，革新世界的力量。

伐刀者利用這命定之力，將自己的意志刻劃在這個世界上。

因此，一名伐刀者在出生之際，就已經註定他的魔力總量。

因為早在他出生之前的亙古，他的命運就已經決定好了。

這是一般人類對於魔力的認知。

也是魔法騎士的常識。

不過——

『但是，這種情況……!**除了魔力增加以外，沒有其他解釋**啊!』

發生在眼前的現實，無疑是脫離常識。

難以理解、混亂、疑惑。

在場的每個人都表現出和海江田相同的反應。

甚至連愛德懷斯也驚訝不已，不自覺站起身。

這也難怪。

魔力最大值提升。

黑鐵一輝將意志轉化為魔力，跨越命運。這個不可能的現象徹底翻轉所有人的常識，完全顛覆所有人堅信至今的學說……！

其中，最因此感到困惑的人，毫無疑問——

正是〈紅蓮皇女〉史黛菈．法米利昂。

「怎…………怎麼會……——!?」

一切正如海江田所言，〈燃天焚地龍王炎〉並沒有完全聚力。

一輝能再次重振旗鼓，也並非不可能。

但是〈一刀修羅〉發動之後，早就過了一分鐘。

一輝應該已經耗盡自身體內所有的力量。

人體存有系統，能夠分解自身轉化為能量，所以他或許還有可能擠出體力。但是他連魔力都恢復了，究竟是如何辦到的？

就在史黛菈困惑不已之時——

「史黛菈。」

一輝有了動作。

他緩緩舉起黑刀刀尖——

「我不會輸給妳的。」

揚起微笑，這麼說道。

「——————！」

史黛菈聞言，骨髓之間湧上一股顫抖。

這是恐懼？

不，是喜悅。

——是啊，沒錯。

這個男人總是這樣。

他絕不輸給任何不合理，絕不屈服於任何的不可能。

他一直不願放棄自己，持續向前邁進，推翻眾人的常識。

那麼，他現在只是又一次跌破眾人的眼鏡罷了。

他當然能跨過這點程度的困境。

推翻常識，跨越命運——

最後，必然會以最強勁敵的身分，阻擋在自己面前。

當然了，因為他，黑鐵一輝——

——是我愛上的男人……！

自己果然沒有看錯人。

她現在真心肯定這點。

若是和他一起，一定能不斷邁進。

踏上無止盡的高峰——**而且是兩個人一起，直到永恆！**

「——」

不過，正因為如此……她不想輸給他。

不——是絕對不能輸給他。

她想成為一個能匹配他的女人，與這個厲害的男人並肩而行！

「■■■■■■■■■■■■■■■■■■■——!!!!」

主審宣布比賽再度開始，就在這個剎那。

巨龍仰天咆哮，吼聲幾乎要蓋過主審的宣判。

同一瞬間，史黛菈的身體產生顯而易見的變化。

體內散發的光輝，隨著心跳一點一滅，並且逐漸增強亮度。

甚至連史黛菈自身，也幾乎化為擁有少女輪廓的「光芒」。

她身上散發出的光芒與熱能，遠遠超脫以往。

這股光采照亮周遭，周圍明亮如白天，夜間照明的光亮完全失去意義，同時熱浪也使得熔岩之海更加沸騰。

但是，會場的人們更是感受到超越這股光與熱的變化。

——史黛菈彷彿在吸引著所有人。

而他們的感覺並非錯覺。化作光亮的史黛菈正在吸引質量較輕的垃圾與瓦礫碎片。

西京寧音身為〈重力術士〉，她率先理解這個現象。

這是引力。

（過於龐大的熱能擾亂磁場，產生引力……！）

而吸引過來的瓦礫與垃圾一接觸史黛菈的周遭，便散發出有如閃電的光芒，瞬間消失無蹤，連渣滓都不留下。物體接觸到這股逐漸脹大的熱能，便會跳過轉化為液體、氣體的過程，剎那之間化為電漿。

她的存在，簡直等同於一顆行星。

存有引力，能夠自行發光的紅蓮明星。

（這女人、實在超乎想像……）

黑乃見識到史黛菈的力量，一時語塞。
沒錯，一輝確實超越極限。
他超越自己的極限、顛覆常識……或許也能推翻這場戰鬥的結局。
正當旁人產生這股預感的一剎那。
史黛菈又輕易熄滅那渺小的期待。
她為了追過超越自我極限的一輝，自己也進化至更上層樓。
黑乃意識到了。
這名少女自出世就超脫於常理。
她正是保有常人外貌的〈魔人〉——
（這就是……史黛菈．法米利昂……！）
——於是，〈紅蓮皇女〉面對超越極限的〈無冕劍王〉，她也竭盡現在所能施展的力量，舉起劍尖。
她側面對著敵人，將光之劍舉高至臉側。
她收緊兩脇，劍尖筆直朝向敵人的性命。她完全不掩飾自己的架勢，擺明告訴對手：「下一次攻擊就是刺擊。」
而她擺出架勢後——
「一輝，下一次交鋒，應該就是我們最後的勝負。所以我現在發誓——」

史黛菈凝視著一輝，開口說道：

「即使你在這次交鋒中失去性命，我終生也只會愛你一個人。」

她告訴一輝，自己心中的最愛絕不動搖。

一輝聞言，則是露出苦笑：

「——那我就更不能輸了。」

當然，怎麼會有男人想讓最愛的少女不幸？

他不能讓她一輩子守寡。

那麼該怎麼做？

他的答案早就決定好了。

「我將以我的最弱（最強），擊破妳的最強——!!」

於是，漫長的七星劍武祭決賽，終於展開最後的戰鬥。

◆◇◆◇◆

〈無冕劍王〉與〈紅蓮皇女〉。

兩人的這場戰鬥，最後的交鋒。

率先出招的人——是史黛菈。

她早就放棄以〈燃天焚地龍王炎〉進行遠距離戰鬥。

理由很簡單。她早就預料到，一輝只要發動〈一刀羅剎〉，他就能在〈燃天焚地龍王炎〉揮滿之前接近史黛菈，一刀斬殺她。

拉開距離也是一樣的結果，一輝施展〈一刀修羅〉後，他的高速能讓他在鞋底燒掉之前奔過熔岩之海。

她只要退到後方，就毫無勝算。

那麼只能前進。

史黛菈心意已決，她才將熱能提高到肉體的極限，覆上這套光熱鎧甲。

而**即便是靈裝觸碰到這股高熱，也會瞬間煙消雲散**。

一輝的刀刃將無法觸及史黛菈。

〈陰鐵〉的刀刃接觸史黛菈的光芒，這股光芒便會直接消滅靈裝本身。

防守已是萬無一失，接著只需要將劍尖刺入敵人體內即可。

這樣一來——她就能取勝。

「————！」

她下定決心，奔馳而出。

這名少女就如同自身之名，化為赤紅的流星。

（————真是厲害啊。）

一輝不偏不倚地凝視著逼近的光輝，率直地心想。

她擁有的才能果然不同凡響。

恐怕他超越一、兩次極限，還是無法甩開這名少女。

無止盡的才能。

而現在，史黛菈將一切寄託在這份才能上。

（她打算用那足以擾亂磁場的高熱，在〈陰鐵〉接觸的瞬間，消除我的靈裝。）

史黛菈包覆全身的力量，絕對辦得到這點。

〈陰鐵〉只要接觸到那層光膜，絕對撐不過半刻。

那麼，他該怎麼做？

——答案很明確。

他只要在靈裝消失之前，以更快的速度揮刀即可。

除此之外，別無選擇。

畢竟這具身體曾經耗盡一次全力。

他分解構成身體的蛋白質，好不容易匯集一刀份的能量。

但是一輝認定，一刀便已足夠。

他只能做一件事。

揮刀一斬。

他的人生，就只專注在這件事上頭。

他面臨這樣的局面，就只能堅信自己的一斬。

因此一輝開口對話。

對象就是構成「黑鐵一輝」的一切。

（走吧。）

──下一秒，一輝以自己燃燒意念，榨取出的魔力，發動〈一刀羅剎〉。

他將體能強化至數百倍，將所有的一切灌注在接下來的最快一擊。

他的肉體知道該擺出什麼樣的架勢，來施展這一擊。

知道如何操縱自己的身體、如何揮劍，才能踏入最快的境界。

因此，他將意識抽離身體，自然而然地擺出架勢。

身體微微傾斜，扭轉腰部，甚至扭轉整根背脊。

單以右手持刀。

刀刃穿過側腹，幾乎延伸至背部，左手握緊刀鍔。

他的刀雖然無鞘——卻擺出居合斬的架勢。

史黛菈一見到他的架勢——

——一眼就看穿一輝的計畫。

一輝打算在自己的熱能消滅刀刃之前，以最快的一刀斬殺自己。

他的架勢，雖然沒有刀鞘，但是和居合斬是相同道理。

重點在於握住刀刃的左手。

握住刀柄的右手推刀，握住刀刃的左手拉刀。

藉此姿勢模仿畫弧的刀與壓迫刀身的刀鞘，以相反方向的力道累積龐大的推力。

而當這股推力解放出來，由此而生的瞬間速度，將會比平時揮刀的速度遠遠快上一個層級。

〈無冕劍王〉平時揮刀就以速度著稱，難以用肉眼捕捉。

當他再加上居合斬的形式，恐怕連史黛菈都無法想像這次斬擊的速度。

他或許真的能在刀刃毀滅之前斬殺史黛菈。

但是——史黛菈認為沒問題。

即使那一擊快得能夠穿透光之鎧。

只要一輝選擇斬擊做為攻擊手段，對她來說就稱不上威脅。

當然，不論他揮刀的速度再快——
也無法彌補雙方攻擊範圍的差距。
不論他如何費盡心思，也一定是自己的攻擊先命中對方。
既然如此——

（我是贏定了——!!!!）

史黛菈確信自己的勝利，於是她的步伐更加強勁，將光之劍刺向一輝。
決勝時刻來臨。
在那個剎那之中，史黛菈的集中力達到極限。
將周圍流逝的光景剔除於意識之外，視野之中只有純白的世界，以及正要揮劍迎擊自己的一輝。
消除其他的一切事物，只留下敵人的身姿。而在這樣純白一色的世界之中——

——…………？

史黛菈感受到奇妙的不協調感。
彷彿有某種——**某種決定性的怪異之處**。

就像一早起來，看到天空變成粉紅色一樣——

這股過頭的不協調感，甚至讓她覺得莫名其妙。

究竟是什麼？是什麼這麼奇怪？

這股不協調感的源頭一定存在於某處。

在這集中力的極致，時間彷彿走馬燈一般，拉長數十倍。她在這段時間中尋找著異狀。

史黛菈終於察覺了。

不協調感的源頭。

那就是，揮劍的一輝——他腳下的黑影。

影子，沒有動作。

一輝明明朝著史黛菈揮劍——

但是他的影子依舊靜止在原地——

不，不對。

影子有在動，但只是有如拙劣的模仿秀一般，在後方**追逐**一輝的動作。

史黛菈頓時明白這是什麼意思。

一輝自己的影子，跟不上一輝的動作了。

怎麼可能發生這種事？

不可能的。

不可能出現這種現象。

然而，這不可能的現象刻印在無數人的腦海之中。

無數人都見證這副光景。

他行走於劍之道，堅信手中的劍，超越極限之後抵達的境界——

連自身的影子都無法追上的神速一擊。

一名人類親手完成了「斬」這個概念的最終型態。

這一擊成為無數後人的目標，他們急切追求的極致。

人們將這個現象與敬畏灌注在名諱之中，如此稱呼道：

最終祕劍——〈追影〉。

◆◇◆◇◆

「喀、哈啊、啊……！」

兩人的身影交錯後不久。

史黛菈的身上散出血花。

『紅、〈紅蓮皇女〉身上噴出鮮血！紅蓮與蒼藍交錯的剎那！〈無冕劍王〉——黑鐵一輝選手拿下這次交鋒啦啊啊啊啊！』

『我、我完全不懂發生什麼事了啊……』

『呀啊啊啊啊！一輝太棒了——！』

『真的假的啊！他真的從那種絕境逆轉整場比賽了！』

〈一刀修羅〉失敗之後，所有人都認為一輝只能到此為止。但就在每個人都放棄後不久——

一輝顛覆在場所有人的預測，扭轉局勢。會場因此再次陷入狂熱之中。

不過大部分人都搞不懂兩人錯身之時發生了什麼狀況。

例如：和刀華一同觀戰的學生會成員之一，碎城雷。

「喂、兔丸，剛才場上究竟發生什麼事了？」

戀戀也搖頭說道：

「呃、你問我…………事情發生太快了，我完全沒看清楚。」

這兩人都是破軍名列前茅的強者，不過〈紅蓮皇女〉與〈無冕劍王〉的戰鬥已經超越他們的理解範疇了。

刀華對兩人說道：

「是拔刀術。」

她勉強看清兩人交鋒瞬間發生的事。

「就像刀華的〈雷切〉嗎？」

刀華否定泡沫的疑問：

「不，那和我的〈雷切〉雖然同為拔刀術，但是原理不一樣。〈雷切〉最重要的關鍵，是在於如何流暢地**拔刀出鞘**，才不會扼殺電磁力引發的加速效果。但剛才黑鐵同學的斬擊正好相反，他用力握住刀身，刻意以鞘卡住刀身的形式累積力量，獲得遠高於一般斬擊的速度與威力。講得簡單一點，那和彈額頭是同樣道理呢。」

「啊，原來如此。」

泡沫這才明白刀華的解釋。

指頭不論揮得多快速，都只能憑空抓撓空氣，發不出半點聲音。但是只要用大拇指扣住其他手指，積蓄力道再放開，就能發出尖銳的破風聲。

一輝將這個作用應用在斬擊上頭。

「不過呢，會長，不論黑鐵同學的劍揮得再快，以雙方靈裝的攻擊距離來說，應該是史黛菈同學的劍會先命中。黑鐵同學是如何彌補攻擊距離的差距呢？」

「彼方，妳看看〈陰鐵〉的刀柄，就知道答案了。」

彼方聞言，便凝視著戰圈中的一輝。

接著，她立刻發現了。

他手中的黑刀。

刀柄異常短小，似乎從原本的刀柄底端到一輝的右手無名指，缺了一大塊。

「那、該不會是……刀柄融化了嗎？」

「沒錯。兩人交鋒的瞬間，黑鐵在史黛菈的劍尖觸及自己之前，率先拔出〈陰鐵〉。不過就算他先拔刀，他仍然會先中劍，所以黑鐵同學不是從刀刃，而是從刀柄開始揮刀，以〈陰鐵〉的柄底敲中〈妃龍罪劍〉的劍身。」

「他靠著這招打偏刺擊的軌道……！」

「他在雙眼無法捕捉的瞬間之中，竟然構築這麼複雜的戰略……這男人實在太不可思議了。」

「他真的非常了不起呢……」

他的巧思與技巧，讓他在那稍縱即逝的剎那，創造攻防兼備的戰術。

在使劍方面，他和自己的級別完全不一樣。

（……我總是在他身上學到這麼多。）

——刀華暗自讚嘆，而她的身旁——

「不過啊，那點小傷，史黛菈應該馬上就能復原了吧？」

泡沫看著目前為止的戰鬥，提出理所當然的疑問。就在同時，戰圈上也出現動靜。

「咳咳！咳呵！」

史黛菈口吐鮮血，同時身體也開始搖晃。

『史黛菈選手腹部的出血完全停不下來！她並沒有治好傷口！只能以劍勉強支撐

身軀，傷勢看起來相當嚴重！巨龍的治癒力完全沒有發揮作用！』

仔細一看，史黛菈流出的鮮血**並未沸騰**。

沒錯，此時此刻，史黛菈的〈龍神附身〉已經解除。

但原因是什麼？

而觀眾席上的黑乃察覺解除的原因。

「原來如此……接近極限的人不只是黑鐵啊。」

「小黑，那是什麼意思啊？」

「〈龍神附身〉有個很大的弱點。她的力量是重現『巨龍』這個概念，所以仔細想就能發現，她當然不可能隨心所欲只施展『巨龍的臂力』或是『巨龍的生命力』。而法米利昂也明白這一點，昨晚——她才吃下那麼大量的食物。」

西京聽完，頓時理解了原因。

「啊啊，原來，妳說的弱點，是指她消費的熱量啊！」

一切正如她所說。

史黛菈使用「巨龍的臂力」或是「巨龍的生命力」時，必須同時消耗魔力以及大量的熱量。特別是這次，史黛菈曾經動用「巨龍的生命力」，強行治癒了一次致命傷。當時「巨龍的代謝作用」就已經消耗了龐大的熱量。

現在的史黛菈就如同沒油的汽車。

不要說治癒傷勢，她甚至難以維持意識——下一秒，支撐她的〈妃龍罪劍〉終於發出尖銳的聲響，出現絲絲龜裂，碎成碎塊。

『哎呀——！此時做為支撐的〈妃龍罪劍〉也應聲碎裂了！』

史黛菈的身軀失去支撐，直接倒落在戰圈上。

本來應該是如此。

「…………！」

史黛菈堅決抗拒倒地。

（我的膝蓋……不能彎下去…………）

她對自己說道，雙腳拚命地支撐即將滑落的軀體。

即使身體精疲力盡，靈裝碎裂四散，只要她還殘留一絲意識——

（不能……低頭！）

她看起來再丟臉、再怎麼難堪，甚至讓旁人嘲笑她死纏爛打，這都沒關係——

（絕對要直視著自己的目標……！）

因為這是——**身為挑戰者的最低條件**。

史黛菈搖搖晃晃地面向一輝，伸出拳頭。

一輝靜靜地注視著她，毫不閃躲，看著拳頭緩緩伸向胸前。

他明白，對方已經沒有能力擊倒自己了。

而他也知道，那拳頭中緊握的事物，究竟有多麼珍貴。

一輝以胸膛接下那一拳。

他接受她。

「下、一次……嗚唔、我絕對……不會輸給你……」

她的神情悔恨扭曲，這麼說道。而一輝承受她的話語，以及包含在拳頭中的毅力。

下一秒，史黛菈用盡最後的毅力，身軀緩緩倒下。

不過她的身體並沒有摔在堅硬的戰圈上。

一輝向前踏出一步，接住史黛菈。

接著，他告訴她。

他用盡全身的力氣，緊緊擁住史黛菈的身軀，開口說道：

「不……下一次，我也絕對會贏給妳看。」

緊接著，主審雙手交叉。

蜂鳴器響起比賽結束的暗號——七星劍武祭決賽正式塵埃落定。

『比賽結束了────────!!!』

史黛菈選手耗盡力氣，同時主審宣布勝者的名字了！

逆轉再逆轉！雙方拚盡全力廝殺的這場死鬥！

而在死鬥的盡頭，最後站立在戰圈之中的……

就是破軍學園一年級！F級！黑鐵一輝選手────!!!』

『『『喔喔喔喔喔喔喔喔喔喔喔喔喔喔喔喔────!』』』

◆◇◆◇◆

每一位觀眾見到這樣的結局，紛紛站起身拚命鼓掌。

不論是一輝的支持者，或是史黛菈的支持者。

所有人放下這層區別，為最後的勝利者送上道賀。

人群之中，也包含那些因為敗給一輝、夢想破滅的人們。

「太、太厲害了！他真的做到了！他贏過那個怪物A級啦！」

「他太了不起了……我完全無話可說啊。」

諸星像個孩子一樣，開心得又叫又跳。

就連性格冷靜的城之崎，白皙的肌膚也因為興奮而紅了耳根子。

一輝的好友・有栖院就在兩人身旁，擦著眼角的淚水。
有栖院知道，一輝為了踏上這個地方，付出多麼龐大的犧牲。
知道他一再勉強自己，甚至聽不見自己心靈的哀號。
所以有栖院將他的勝利當作是自己的一樣，衷心為他感到開心。
不過，她應該比自己更加喜悅。有栖院望向那名少女——
「珠雫，太好了呢。」
不過——
「…………!!」
珠雫不發一語，神色大變，一把跳過柵欄——
她直接衝向熔岩之海。
下一秒，一輝緊抱著史黛菈，身體一晃，他就這樣背朝地倒向地面——
「〈凍土平原〉——!!」
『怎、怎麼了!?岩漿海結凍了……!』
『我記得那女孩是〈落第騎士〉和〈烈風劍帝〉的妹妹——』
『是〈深海魔女〉啊！』
觀眾們見到珠雫突然闖入戰圈，吃了一驚。
但是珠雫忽略那一切，踩著冰凍的地面奔向兩人身邊，面無血色地大喊：
「快點搬擔架來！要趕快將哥哥和史黛菈同學送到醫務室去！」

各個閘門這才衝出搬著擔架的男人們。

接著他們將遍體鱗傷的兩名騎士搬上擔架。

兩人一動也不動，似乎是完全失去意識。

『那兩個人完全昏倒了啊。』

『……他們很努力了。』

『嗯……好厲害。他們兩個真的好強……！』

『戰圈早已失去原形，兩人也漸漸從場上離去。眾人毫不吝嗇地為兩人獻上掌聲！

不論勝者或敗者，都已無氣力自行站立！

這兩名騎士拚盡全力，彼此競爭！

兩人如同寶石一般的光輝，已經深深烙印在眾人腦中。今日到場的觀眾們，恐怕誰也無法忘懷！

即使時過境遷，眾人把以力量展現自尊的行為視為愚蠢之舉——

即使七星劍武祭被視為陋習，最終埋葬於歷史的黑暗之中——

我們……絕對不會忘記……！

貨真價實的強大，確實寄宿在那兩人的體內——！』

豪邁的掌聲，灑落在昏迷離去的勝者與敗者身上。

其中，曾與兩人敵對的曉學園成員，莎拉與風祭也送上掌聲。

「一輝……恭喜你……」

「哼哼哼，我的〈黃昏魔眼〉果然神準！我總有一天會統帥這個世界，而那個男人確實配成為我的執事……！我一定要想辦法挖角他……！對吧？夏洛特！」

「嘎嚕嚕嚕嚕……」

夏洛特面無表情地低吼。

兩人身後的愛德懷斯，則是凝視著一輝離去的模樣——

「……真是一名了不起的少年，他總是超乎我的想像。」

她低聲讚嘆。

「沒想到……他竟然年紀輕輕就踏入覺醒（Pluto Soul）的境界。」

但這是否值得喜悅？

生存於命運之中，將會受到命運囚禁，但同時也能獲得命運的庇佑。

其中肯定存在著安分知足的幸福。

若想以人類的身分寧靜度過一生，就絕對不能踏入這個境界。

而事實上就她所知，也有騎士踏入這個境界後，又以自己的意志回歸命運的懷抱。

但是——一輝卻沒有停下。

他不顧神明的忠告，堅持踏出那一步。

他走向命運的外側，踏進**魔人的領域**。

（〈無冕劍王〉以那一步為契機，主動脫離這顆星球的因果之外。）

他不再屈就自己，描繪命運的輪廓；他獲得力量，足以改寫這個世界的未來。

這也代表著——

「那兩個人或許有能力對抗您所窺視到的『滿載絕望的未來』——您的貢獻絕非徒勞無功。」

愛德懷斯面向月影，微微一笑。

月影聞言，則是揚起苦笑：

「愛蒂……妳真的、這麼認為嗎？」

「是啊，不只是我，其他的〈魔人(Desperado)〉們肯定也是這麼認為——」

愛德懷斯這麼答道，緩緩瞥向會場。

現在，足以引導世界各國的強大人物，就聚集在這個會場裡。

他們和愛德懷斯一樣，隱身於眾人之中，卻又光明正大地露臉。

這群人物超越常人，日後將要決定這個世界的未來之時，他們將會互相爭鬥。

並且——

「他們每個人都能肯定。就在剛才，這個世界又誕生一道嶄新的未來(道路)。」

月影聽完愛德懷斯的解釋，閉上雙眼。

他的腦海中浮現記憶……他要出馬參選眾議院選舉時，曾經拜訪過黑鐵本家，

當時他見到那幕景象。

誰也不曾理會他，誰也不曾要求過他，

他卻沒有因此自暴自棄，

那名少年獨自一人揮灑著汗水，不斷揮刀。

「……若真是如此，我就放心了呢。」

比起自己以前「見到」的那個世界，由他踩穩、開闢的那片未來（道路）——

或許會是一個洋溢希望與溫柔，更加美妙的世界。

© Won

終章（後） 並立之人

決賽之後，倒在戰圈上的一輝與史黛菈直接被搬進醫務室中的再生囊。
兩人在醫務室接受治療後——
「…………」
等到一輝恢復意識，已經接近半夜十二點，日期即將更迭。
「這裡是……」
眼前是熟悉的格狀天花板。
一輝立刻察覺，這裡就是他昨晚睡過的醫務室。
同時，他也發現坐在床邊的銀髮少女。
「晚安，哥哥。」
「珠雫……這樣啊，我在那之後直接昏倒在戰圈上了……」
「您感覺如何？還有其他地方會痛嗎？」
一輝聞言，隨即檢查自己的身體狀況。

身上確實還殘留著如鉛一般沉重的疲憊。

但是——這股疲憊也等同於充實感。

「是嗎……我贏過史黛菈了……」

他戰勝那名強得恐怖的騎士了。

這不是夢。一輝肯定這個事實，握緊拳頭。

「話說回來，史黛菈呢？」

「她在這裡喔。」

珠雫的身後傳來這句話。

一輝轉頭一看，有栖院正坐在鐵椅上，而史黛菈則是同樣躺在病床上。

「就算是平時精力十足的史黛菈，這次也睡得很沉呢。」

「史黛菈……」

一輝仔細觀察史黛菈。

她的呼吸規律平穩，面色紅潤。

看來沒有留下太重的傷害。

「太好了。」

「明明是你自己砍倒她的呢。」

「別、別說得這麼難聽啊……」

「呵呵呵，對不起囉。」

有栖院道著歉，同時從鐵椅上站起身。

接著他對珠雫說道：

「時間也不早了，既然一輝醒過來了，我們也差不多該回旅館囉。」

珠雫聞言，也點頭回應。

她自己也是打算等一輝醒來之後就離開病房。

「好的……哥哥，我把換洗衣物放在床邊，明天早上頒獎典禮之前，我會來叫您起床的。請您今天就安靜歇息吧。」

「我知道了。」

「還有──」

珠雫嬌小的雙手包覆住一輝骨節粗壯的手掌，綻放笑容──

「哥哥，恭喜您獲勝。今天的哥哥比之前的您都還要帥氣呢。」

她向一輝道賀。

「嗯……謝謝。」

「等到我們回東京，我們再好好慶祝你的勝利。人家可以介紹好店給你喔。」

「我會很期待的。」

「交給人家吧，拜拜。」

「請好好休息。」

兩人這麼說完，便走出醫務室。

朦朧的月光灑落在醫務室中。

房內只剩下一輝與史黛菈。

寂靜的夜晚中，只剩下時鐘的滴答聲，以及史黛菈的呼吸聲。

史黛菈就睡在身旁的病床上，自然而然吸引著一輝的目光。

「…………一……輝……」

「……！」

史黛菈的雙脣突然呼喚一輝的名字。

她醒過來了嗎？

一輝這麼心想，走下病床，來到史黛菈身邊。史黛菈躺在病床上，依舊維持著平穩的呼吸，看起來睡得相當舒服。

她只是在說夢話。

一輝有些失望，便直接坐在原本有栖院坐的鐵椅上。

她究竟在作什麼樣的夢呢？

一輝默默想著。他即使仔細觀察史黛菈的睡臉，也看不出她的夢境。

不過——

「…………」

他的胸中滿是一幕幕的回憶。

今天所感受到的充實感。

在那超越頂顛的極限之中，那名與自己互不相讓的少女，她當時的表情。
那雙鬥志猛烈的雙眸。
那個猙獰的笑容。
一輝回想起她耀眼的存在感。
噗通、噗通。
每當他回想起一個畫面，胸口便鼓譟不已，心跳加速。
正因為身邊有這名少女，自己才能變得如此強大。
這名少女就是如此認真地與自己競爭。
「史黛菈……」
一輝每次想起她的一切，就彷彿要沉醉在胸中滿溢出的憐愛，無法自拔。
這股情感驅動著一輝，他從椅子上站起身。
他覆上病床上的史黛菈。
接著伸手輕撫她的臉蛋。
而這個舉動正是一輝最大的失算。
「啊、一……輝、姆喵～」
她即使睡著，似乎還是認出一輝的手。
史黛菈開心地笑了起來，彷彿貓兒一般，臉頰主動蹭向他的手掌。
「～～～～～～！」

一輝見到史黛菈的無心之舉，腦中彷彿有什麼東西斷了線。

——眼前的小生物未免太可愛了！

心跳喧鬧不休，血液沸騰。

體溫直線升高，喉頭乾渴難耐。

而他的視線自然轉向眼前的甘霖……

史黛菈的雙脣沐浴在月光之下，他緊盯不放。

他現在就想要緊抱住眼前的少女，親吻她。

……他沒辦法等她清醒了。

想親吻最愛的情人，是非常理所當然的事。

兩人平時就很常接吻，史黛菈應該也會原諒自己。

一輝以這自我中心的藉口，擊敗心中那股偷吻沉睡女性的罪惡感。接著，他彷彿受花朵吸引的蜜蜂，漸漸靠近史黛菈的雙脣——

「我開動了……」

「咦？吃飯了嗎？」

緋色雙瞳猛地睜開，與一輝雙目對視。

此時，兩人的距離極近，甚至能感受到對方的氣息——

「…………………………………～～～～～!?!?!?」

一睜開眼，一輝的臉龐就近在咫尺。

這個狀況足以徹底煮沸史黛菈的腦漿——

「早、早安啊，史黛菈。」

「呀啊啊啊啊啊啊啊啊啊啊～～～～～～～～～～～～～～～～～～～～～～～～～～!!!!」

「唔噗!?!?」

沉重的膝擊快如閃光，直接貫穿一輝的心窩。

◆◇◆◇◆

「一、一輝，對不起！好、好像正中心窩的樣子，你、你沒事吧!?」

一輝痛得趴在床邊，渾身顫抖。史黛菈則是拍著一輝的背部，擔心地問道。

一輝則是——

「唔、嗯，沒事、真的，沒關係。」

他雖然這麼回答，不過他臉上滿是汗水，看起來一點都不像沒事。

史黛菈見狀，更是垂下眉頭，一臉抱歉。

「嗚嗚……真的很對不起。要、要不是一輝突然出現在那裡……」

「嗯，剛才絕對百分之兩百是我的錯，所以妳就別在意了。」

一輝再三強調是自己的錯，史黛菈這才終於停止道歉。

此時她才終於發現，自己待在陌生的房間裡。

「是說，這裡是哪裡？」

「這裡是灣岸巨蛋的醫務室，比賽結束後，就有人把我們送到這裡來了。」

「啊，因為我在這場大賽裡是第一次躺進醫務室，所以我完全認不出這裡呢。」

史黛菈這麼低語，接著深深嘆口氣。

「……這樣啊，我輸了呢。」

一輝聽見史黛菈這句話，心中不禁感到尷尬。

自己醒來時，再次感受到勝過史黛菈的滿足感。而史黛菈也一樣，現在她的胸口肯定充滿悔恨。

一輝一想到這裡，開始覺得自己不該待在這裡。

「那、那個，我要不要先出去一下？」

「嗯？為什麼？」

「因為……今天才剛比完，我想說、那個、妳和我待在一起可能會不太舒服……」

「才沒這回事呢。」

史黛菈毫不猶豫地否決一輝的提案。

「一輝該不會以為我會哭吧？我才不會這麼浪費呢。」

「浪費？」

「沒錯，說真的……我現在心中的確是滿滿的不甘心，但是把這些不甘心化成眼淚，未免太浪費了。這份不甘，會成為自己變強的力量。我要好好囤積在心裡，精心培育它，然後明年狠狠地還給一輝！」

史黛菈肯定地說道，然後露出潔白牙齒，燦爛一笑。

她的笑容有力，應該是真心這麼想。

她已經將不甘心的心情，轉為明年挑戰的動力。

一輝感受著她的積極，再次體悟到——這名少女真的很堅強。

「……不愧是史黛菈呢。」

「而且我也不是只覺得不甘心。」

「咦？」

「我也藉著這場比賽，知道自己的預感是正確的。」

史黛菈口中的「預感」，便是她認為只要是和一輝在一起，就能無止盡地登上高峰。

考量到彼此的才能差距，她對一輝的期待太過沉重。

但是一輝卻以最棒的形式，回應史黛菈的期待。

他會與她**並肩同行**，永無止境。

她心目中的最愛與最強，竟是同一個男人。還能有比這更令人開心的事嗎？

因此，史黛菈朝著跪倒在地的一輝伸出手——

「一輝，你之後也要一直、一直當我的『第一』喔。」

她羞澀地這麼說道。

而她的這句話——太不妙了。

非常不妙。

一輝原本因為稍早的事故，暫時冷靜下來。但是這句話再次點燃他的內心。

而且讓他一發不可收拾。

「——！」

「咦、呀啊!?」

下一秒，一輝無視史黛菈伸出的手，雙手抓住她的肩膀——

接著，一把將她推倒在身後的病床上。

◆◇◆◇◆

「…………」

「一、一輝……？」

突如其來的狀況嚇傻史黛菈，她訝異地仰望覆在自己上方的一輝。

映在史黛菈雙瞳中的一輝……整張臉比她的雙眸更加火紅。

──好丟臉。

一輝一想到自己打算說出口的話，臉簡直能噴出火似的。

不過……他胸中這股即將滿溢而出的感情，是怎麼也壓不回去。

於是一輝強行扯動顫抖的喉嚨，開口說道：

「那個……史黛菈，我們和學生會的大家一起去奧多摩，妳還記得、我那個時候說過的話嗎？就是、我還沒跟史黛菈的雙親打過招呼，所以不能和史黛菈……那個、做色色的事情。」

「唔、嗯……我當然記得……因為我聽到那番話，真的覺得很開心。」

一輝聞言，不禁發出小聲的呻吟。

他還真是做出不得了的發言。

不、當時那的確是他的真心話，毫無虛言，而且他也有自信做到。

不過、現在的他──已經無法忍耐。

所以──

「我不久前才要帥說出那種話，現在真的是很難啟齒──」

一輝有些愧疚地對史黛菈說道：

「請當我沒說過那些話吧！」

「──咦？」

史黛菈一時之間腦袋還轉不過來。
不過，她看了看推倒自己的一輝；
一輝紅到耳根子的表情；
接著聯想到剛才迴盪在腦內的話語──
於是──她終於明白一輝的言下之意。
下一秒，一輝身上的熱度傳染給史黛菈。
她頓時雙頰發燙，紅潤瞬間蔓延至耳朵，聲音頓時提高八度：
「所以、你、你是說、你的意思、該該該該該、該不會是~~~~~!?」
「呃、就是、那個意思。」
「~~~~~!!!!等、等等等等等一下！等等！一輝、你突然間在說什麼啊!?你認真的嗎!?是說你真的是一輝嗎!?真正的一輝即使見到我衣衫不整的模樣，依舊戰勝我的誘惑喔!?那個理智堅定的一輝去哪了!?」
「死了。」
「死了!?」
一輝的形容有些過頭，不過他自己也不知道該如何表現了。
因為現在的他完全無法理解當時的自己。當時的他面對如此富有魅力的女友，究竟是如何克制自己的慾望？他根本搞不懂。
所以──

「今天我和史黛菈戰鬥，並且抵達自己的極限時，我是這麼想的：要是我就這樣停下腳步，史黛菈就會自己一個人向上爬。然後……妳就會找到我以外的『最強』，與他互相競爭。當我一想像這個畫面……我就打從心底覺得不快。我開始瘋狂地憎恨那個『某人』。我想獨占妳的一切，絕不會讓給任何人。當時，就是這個想法推動著我。這份情感……在我空蕩蕩的心中點燃一把火。然而，這把火直到現在也沒有熄滅……！」

一輝停步下來。

他明白，自己要是繼續述說自己的情感，他們的關係將會出現決定性的發展。

他依舊將那句話含在口中。

他現在可沒那個餘力耍帥。

彷彿在央求她、乞求她——

將赤裸裸的真心——化作言語。

「我現在就想得到史黛菈的一切……！」

「————」

赤紅雙眸大大一晃。

雙眸中閃過訝異、迷惑、動搖，最後是————

「可以嗎……？」

「笨蛋一輝……」

滿溢而出的喜悅。

史黛菈微微一笑，伸手輕輕捏了一輝的臉頰。

「……你知道我等你這句話等多久了嗎？」

沒錯，她一直在等著一輝開口。

他是珍惜兩人的關係，所以堅持在和史黛菈的雙親打過招呼前，他絕不碰她。

但是這份喜悅依舊無法替代她的願望。她身為女人，果然希望最愛的男人渴求自己。

史黛菈也的確因此感到開心。

只要一輝期望著自己，她不論何時都可以——

她一直都這麼想，所以——

「所以我現在……真的很高興……」

緋色眼瞳流下溫暖的淚水。

那抹光輝，彷彿在肯定自己的一切，帶給一輝勇氣，推他一把。

「史黛菈……！」

「啊，不過等一下！」

但一輝順勢行動的時候，史黛菈突然奮力推開一輝。

「史黛菈？」

一輝沒想到史黛菈會在這個時間點突然要他暫停，不禁滿臉疑惑。

史黛菈則是試探似的望著一輝，這麼問道：

「一輝，你雖然這樣告白，可是你有準備好『那個』嗎？」

「『那個』……？」

一輝重複史黛菈的話，仍舊滿頭疑問。史黛菈含糊不清地說：「就、就是——」

接著斷斷續續地擠出話來：

「我、我的確是一直在等一輝開口。可是我們還是學生，也還沒跟對方的父母打招呼……而且我明年也還想和一輝再比一次，所以……要是有了，會很麻煩吧？」

「……啊。」

史黛菈說到這裡，遲鈍如一輝也終於察覺重點。

不過，他當然是沒這麼準備周到。

這下可糗了！一輝開始後悔自己的魯莽。

「抱、抱歉！我真是的，怎麼這麼衝動……！」

「……我想也是，一輝其實還挺莽撞的呢。」

「唔嗚嗚……」

史黛菈責備地直盯著一輝，一輝只能低聲呻吟，自責不已。

史黛菈會生氣也是當然的。

自己身為男人，應該是自己要注意這點才對。

他竟然被慾望牽著鼻子走，完全忘記這麼重要的事。

假如現在這裡有個洞，他想立刻鑽進去。

就算沒有洞，他也想自己挖個洞鑽進去。

他實在太丟臉了，丟臉到眼淚都要流出來了。

更何況，他也沒辦法什麼都沒準備就直接做下去。

「那、那我現在趕快去買回來……！」

一輝知道這麼說很糗，現階段也只能這麼做了。他立刻打算起身。

不過——

「等、等一下！」

史黛菈一把抓住一輝的手臂。

「你、你都讓女生有了那種意思，還把人家丟在一旁，扣分、不及格！你不用現在跑去買啦！」

「不、可是也不能——」

「沒關係啦！你等我一下！」

史黛菈有些靦腆地說完，望向病床邊的籃子。籃子裡放著換洗衣物與化妝包，她打開化妝包，短暫翻找一陣子，握住她想找的那個目標物——停滯一下，接著像是下定決心，以宛如蚊鳴的聲音——

「……用這個吧。」

這麼說道，接著從化妝包裡的四角形塑膠袋中，取出密封在裡頭的物體，推向一輝。

「————!?」

一輝雖然沒用過，但還是擁有相關知識。

而史黛菈遞給他的物體，就是他保存在知識中的「那個」。

不過，史黛菈現在拿出這東西，也就是說——

「史、史黛菈，妳該不會、一直都準備著這玩意吧？」

「～～～～～～～」

史黛菈聞言，臉蛋頓時紅得要噴出火來了。

「我、我我我才不是一直都期待跟一輝……絕對不是喔!?不要搞錯囉!?我只是、那個、只是想說有備無患，不管男朋友什麼時候提出要求都能應付而已啦！沒錯，這只是身為皇女最基本的禮儀而已！」

（是、是基本啊，所謂的皇女可真厲害……）

「你……你該不會覺得我很淫蕩吧？」

「我才不會這麼想。」

史黛菈神情不安地問道，一輝馬上就否定她。

他才沒有冒出這麼失禮的想法。

史黛菈的貼心可是拯救冒失的自己，他反而該感謝她。

「謝謝，下次我會自己小心的。」

「你千萬要記得啊……我自己跑去買這東西，感覺都快害羞死了。」

一輝點頭答應，從史黛菈手上接過那個物體——

（咦？比我想像的還要厚——）

下一秒，原本疊好的那個被重力牽扯，啪啦啪啦地拉長十倍左右。

（這是以為要來上幾回啊!?）

似乎總共是十枚連成一串。

——她、她應該只是整包放進去而已，總不會是一次全部用光……對，一定是這樣，怎麼可能一次用光啊。

一輝這麼說服自己動搖不已的心靈，接著撕下其中一枚——

滋哩一聲，響起塑膠撕開的聲響。

這也代表——一切準備就緒。

「…………所以我們真的、現在……就要做了，對吧？」

「……唔、嗯…………」

當他做完準備，此時一股羞恥才突然湧上心頭。
他沒辦法直視史黛菈的臉。
史黛菈也只能以溼潤的雙眸偷瞄一輝，當兩人一對上視線，又立刻錯開目光。
他們大概就這樣沉默三分鐘左右。
（我們到底在幹麼啊……）
兩個人是要一直互相撇開視線到何時？
反正自己都擠出勇氣開口了。
（這時候身為男人，應該要振作一點……！）
於是，一輝大口深呼吸，下定決心，接著在病床上與史黛菈面對面——
「史黛菈！」
「啊、是！」
「鄙……鄙人不才，請妳多多指教。」
「啊、我才是，請多多指教。」
兩人便以這種有些笨拙的感覺，展開他們的初夜。

◆◇◆◇◆

史黛菈躺在潔白乾淨的病床上，上半身倚靠在捲成一團的床單上頭，蒼藍月光淡淡照亮她的身軀。

她的身上穿著一襲純白的洋裝，應該是有人在她送醫時為她穿上的。朦朧的月光以陰影為筆，在白淨的洋裝上，為她描繪出凹凸有致的線條。

光只是這樣的景象，一輝的腦袋就幾乎要短路了。

太可笑了。

自己明明見過史黛菈一絲不掛的模樣。

但是這次，他不會僅止於用雙眼看。

他能以掌心、手指、雙脣去描摹她的一切。

當一輝意識到這點，他的心臟便因為緊張、興奮，一個勁地小鹿亂撞，完全無法控制。

這也難怪。

打從他喜歡上這名少女，他就一直焦急地等待這一天。

「好害羞……」

史黛菈應該也是同樣的心情。

不知道是她身上的衣服太小，還是胸前的碩大遠遠超越身材的比例，緊繃的胸口急促地上上下下，看似相當緊張。但是仰望一輝的那雙水潤大眼中，確實寄宿期待的光芒。

不知道自己會變成什麼姿態，對於未知的不安。

不知道自己會變成什麼模樣，對於未知的興奮。

兩者交融，化為光滑、刺激感官的光澤。

因此一輝回應史黛菈的期待。

他強行壓抑自己的猶豫與羞恥心，覆上史黛菈的身軀，手指伸向她的衣服，不過——

「等、等等……」

一輝的指尖正要觸碰最上方的鈕扣時，史黛菈突然以微弱的嗓音阻止一輝：

「那、那個……我現在、沒有、穿胸罩…………突然從上面開始脫，真的很害羞……拜託你、從下面……」

「抱、抱歉……」

一輝聽見史黛菈這麼哀求自己，一句道歉不禁脫口而出。

明明他剛才其實不需要道歉。

他已經完全搞不清楚狀況。

不過，既然史黛菈不想，就不能從上方開始。

反正從上面開始或從下面開始，做的事情都一樣。

還是盡可能不要帶給史黛菈心靈上的負擔。

一輝這麼判斷後，手指伸向史黛菈膝蓋附近的鈕扣，一個一個解開。

他就像是拿到一份珍貴的禮物，正小心翼翼拆開包裝，謹慎地、不去傷到包裝裡的禮物。

一顆、又一顆——

一輝每解開一顆鈕扣，史黛菈潔白的四肢就裸露一些。

渾圓的膝蓋。

柔軟豐滿的白淨大腿。

雙腿緊閉，只有樸素的病人用內褲護住大腿根部。

白皙的腹部上，小孔隨著呼吸一開一合，彷彿想說些什麼，蠢蠢欲動。

（唔哇……這、糟糕……）

近乎瘋狂的興奮，彷彿毛孔中噴出的不只是汗水，幾乎要噴出血來。一輝此時才驚覺——

自己踩中不得了的地雷。

說實話，如果只是從上方一步步幫史黛菈寬衣解帶……這過程還在一輝的預料之內。他早就事先設想過這個狀況。

更何況，還有以前在山中小屋時的經驗。

他早就做好覺悟了。

但是，一輝完全沒想到會用這個順序幫史黛菈褪去衣物。

明明吸收到的是同樣的視覺情報，順序一個顛倒，整體印象就完全不同。

因此，他完全沒做好心理準備，漸漸暴露在眼前的景象，一點一滴地燒灼他的理智。

他想粗魯地張開那雙羞澀緊閉的大腿。

他想盡情撫摸她白皙的腹部；想以指尖輕摳那潔淨無垢的小孔底處。

粗暴的慾望從肋骨內部延燒至全身。

於是——一輝解開臍上的鈕扣時，腦中頓時炸開。

史黛菈因為呼吸急促，胸前顯得更加豐滿。身上的衣物大開，從胸部頂端的鈕扣開至兩側，衣物拘束住胸口，渾圓的下半酥胸暴露在一輝眼前，微微顫抖著。

「————！」

那有如扁圓年糕塌下的白皙肉球，深深吸引著一輝的視線。

……摸起來會有多軟呢？

心中沸騰的慾望、好奇心驅使著指尖。

「唔……」

中指指尖輕觸乳房的肌膚，史黛菈身軀微微一震。

她緊緊閉起雙眼，咬緊雙唇，彷彿在壓抑自己的悲鳴。

但是她沒有抵抗。

那就當作她允許了。

一輝的指腹輕輕使力。

緊接著，指尖沒有碰到任何抵抗，輕易地陷進肉團之中。

這種觸感不存在於自己身上的任何地方，因此更令一輝背脊發麻。
接下來，一輝再以食指輕觸史黛菈的玉乳。
手指緩緩描繪乳房下方的輪廓——
——接著，一輝的手指直接滑進乳房下方。
他人的指尖從內側觸摸自己的胸部。
「咿唔……」
史黛菈初次體驗到這種感覺，紅玉般的雙眸疑惑地瞪大。
但是她仍舊沒有出聲抗議。
一輝也沒有因此住手。
指尖緩緩滑過。
她的肌膚柔嫩滑順，一輝的手指指紋甚至沒有勾到絲毫瑕疵。
柔軟如凝脂，彷彿隨時都會化開，指腹卻又感受到一定分量。
好溫暖，指尖像是快融化似的。
「～～～唔、啊……」
史黛菈感受著一輝輕撫乳房內側的觸感，身體起了微微的反應。
溼潤的柔唇洩漏出令人憐愛的細語。
他還想再多聽一些。
於是，一輝勾起手指，輕輕抬起史黛菈的酥胸。

——下一秒。

史黛菈的身體一跳，最後一顆鈕扣同時應聲繃開。

「嗯、唔！」

原本拘束住的白桃一陣彈跳，身上的衣服因此大大敞開。

但是布料並沒有完全捲開。

布料左右分開，停在雙峰的頂端。

沒錯，**布料就這樣卡在上頭**。

但又只是勉強掛住。

因此，雖然沒有完全露出尖端，但是只有那個部位的色澤與周遭的白皙乳房不同，並且露出一半——

——咬下去、沒關係。

一輝不經意想起，以前也曾經上演過相同的場景。當時，史黛菈曾經這麼說過。

對，沒錯，她以前確實這麼說過。

——也就是說，他已經獲得過首肯了。

史黛菈早就允許他這麼做。

那麼就不需要客氣了。

咬吧。

「等、等等……」

不等。

史黛菈以前答應過他。

所以他現在不會等她。

一輝正要拉下卡在雙峰頂端的衣服時——

「唔……好害羞，胸口、好像快裂開了……」

「——」

她壓抑到極限，如同悲鳴般的聲音，阻止一輝的動作。

一輝從史黛菈的胸口看向她的臉龐。史黛菈急促地吐出氣息，溼潤的赤紅眼瞳隱約含著淚水。

雖然量沒有多到會落淚的程度，但是那抹沾溼下睫毛的水珠中——蘊含著怯懦。

她確實一度答應一輝，但是會怕的事還是會害怕。

——他一想到這點，這才驚覺：史黛菈不只有今天，恐怕在其他時候也不斷努力著。

她擠出勇氣，拚命想展現身為女人的自己。

為了能與自己更加刻骨、更加強烈地深愛彼此。

『你知道我等你這句話等多久了嗎？』

她真的始終痴痴等待著自己開口。

一輝一想到史黛菈的犧牲，燒灼全身的狂暴獸慾頓時煙消雲散。

取而代之的，是溫順輕柔的憐愛，緩緩湧上心頭。

他想溫柔地對待這女孩。

他不想在她長久等待的這一天，讓她留下恐怖的回憶。

所以——

「史黛菈……」

「……!?」

一輝移開了手，傾身吻上史黛菈的柔脣。

他並非放縱情慾，盡情啃咬著她，而是一如往常，彼此輕觸，索取脣上的溼潤。

「………………」

重複數次輕吻後，史黛菈的身體漸漸放鬆。

或許是熟悉的輕吻讓她安下心了。

但是——不能僅止於此。

因為今天的一輝不會像平時一樣，在該停手的地方停手。

一輝稍微加深接吻的深度。

「…………!」

舌頭緩緩分開雙脣，侵入史黛菈的小口中。

突如其來的感官刺激，令史黛菈的身軀微微一顫。
但是她也不是第一次經歷這樣的深吻。
史黛菈並沒有表現出恐懼。
她立刻輕挑自己的舌，主動迎接一輝。
一如往常。
——但是一如往常的狀況，只到這裡為止。
「嗯……」
史黛菈不久後也察覺了。
接吻本身雖然是如同以往，但是時間長度卻不一樣。
一輝平時時間一到，就會主動離開史黛菈，但是現在他卻不為所動，沒有放開她的雙唇。
他絕不讓她逃走。
舌尖直接觸動她的理智，彷彿要舔化那甜美的糖球。
一點、一滴。
執拗地、漸漸融化她。
「～～～～～！」
咕啾、咕啾。
翻攪黏液的水聲響遍深夜的醫務室。

兩人的唾液起泡、交融在一起，從唇角滑落。

但是一輝不打算讓那抹甘霖滴落。

他抬起史黛菈的下巴，讓所有甘泉流進她的喉嚨。

咕嚕、咕嚕。

史黛菈順從地一飲而下，吞下那溶入兩人興奮的液體。

液體帶著炙熱，一路灼燒著喉嚨內側，點燃史黛菈的脊髓。

一輝親吻史黛菈的同時，他的指尖滑入她緊閉的雙腿內側，緩緩撫弄。

但是他絕不觸碰大腿根部。

若隱若現的模糊觸感，微微撫過雙腿內側的線條，隱隱刺激著她。

指尖一開始來到膝蓋附近，不疾不徐、緩慢來回輕撫，漸漸靠近大腿根部。

於是，手指終於來到底褲的邊緣，而就在此時——

一輝的指尖能感受到，大腿內側的輪廓開始細微地痙攣。

他望向史黛菈的雙眸，她眼中的恐懼已經和興奮互相交合，完全融化在其中，連視線也跟著朦朧起來。體內與外側同時刺激，潔白的四肢微微發熱，染上一層淡淡的櫻花色。強烈的興奮，讓史黛菈全身散發出甜美的香氣，與汗水一同釋放出來。

這證明她的身心都已經準備就緒。

「沒關係了嗎？」

「…………嗯……」

「會怕的話，就跟我說。我會再多做幾次，直到史黛菈安心為止。」
「……已經沒問題了。」
她或許是完全放鬆了。
史黛菈露出足以令人融化的甜美微笑。
沉醉於情感的雙瞳顯得有些渙散，卻拚命地想將一輝納入眼中，不肯離開。
一輝感受到她的堅決，心中更是疼惜不已，他溫柔地吻上史黛菈的粉唇，重複了三次。
接著，他放開她的雙脣，同時雙手搭上她的肩膀——
褪下她身上的衣物。
史黛菈略帶粉色的火熱裸體暴露在月光之下。
楚楚可憐的頸子；
充滿女人味的細緻手臂；
而她雖然半躺著，那對豐滿的雙峰並未垂下或塌陷，仍然富含彈性；脫下衣物的刺激，使得頂端的粉色蓓蕾微微顫抖。
眼前的她實在太過美麗，一輝不禁為之屏息。
「太美了……」
沸騰的腦漿只擠得出這種稀鬆平常的形容詞。
他現在就想緊擁眼前的人兒。

自己褲襠中的分身，已經昂首到刺痛的程度。

即使如此——一輝告誡著自己。

他就算忘記呼吸，也絕不能忘記顧慮史黛菈。

一輝克制自己，開始最後的確認。

史黛菈的鎖骨下方沾著些許唾液，或許是從脣邊滑落的。他以手指沾取唾液，塗上右邊的乳房，同時以指腹擦過乳尖。緊接著——

「啊嗯……」

史黛菈的口中第一次傳出清晰的嬌喘。

一輝放開手，撥弄過的乳頭形狀，明顯和左側不同。

尚未觸碰的左乳，與唾液沾溼、微微充血的右乳。

眼前的不平衡實在過於煽情，狠狠衝擊一輝的理智。

——好難過。

呼吸紛亂不已。

太陽穴發痛。

說實話，一輝很難再繼續忍下去。

——但是現在這樣就夠了嗎？現在真的能繼續嗎？

一輝完全沒有經驗，所以他真的不知道。

雖然史黛菈嘴裡說沒問題，可是現在繼續，真的不會傷到史黛菈嗎？

就在一輝苦惱的時候——

——史黛菈的雙臂從下方溫柔地纏上他的頸項。

她向一輝微微一笑，說道：

「謝謝……謝謝你這麼溫柔地對待我，真的已經不要緊了。」

所以，你不需要再忍耐——

「一輝，你想對我做什麼，全部、盡情地做吧……」

「——」

這句話等於扣下扳機。

他不再迷惘，不再回頭。

皎潔的月光之下。

兩道陰影緊緊相融。

伴隨濃烈的炙熱，交疊在一起。

哪裡是自己、哪裡又是她？

他們緊緊相擁，甚至分不清彼此的存在。

口中的聲音不再有意義，雙唇只是拚命渴求最愛的那個人。

就在這個時刻之中，黑鐵一輝……在心中起誓。

他一定要讓這名少女幸福。

他絕不能讓她後悔選擇黑鐵一輝這個男人。

一輝堅定地對自己的靈魂起誓。

◆◇◆◇◆

從某處傳來鳥兒的鳴啼。

一輝像是受到呼喚似的，緩緩從朦朧之中清醒過來。

朝陽通過敞開的眼瞼，滲進一輝眼中。

窗外的天空晴朗，看起來感覺相當舒服。

很美好的早晨。

……但是身體卻異常沉重。

全身有如鉛塊一般陷進病床裡，無法動彈。

而腦中的意識也是一樣。雙眼明明接觸朝陽，意識卻恍惚不清，遲遲無法浮上那名為「清醒」的湖面。

一輝心想這樣不行，便深吸一口氣，準備喚醒身心。

緊接著——

花朵般的香氣輕輕撫過鼻腔。

一輝非常熟悉這股香氣。

他轉頭一看，那女孩理所當然地待在他的身邊。

史黛菈白皙的四肢到肩膀都埋在被窩裡，臉上浮現溫和的笑容。

兩人雙眼一對上，史黛菈赤紅的雙瞳靦腆地瞇細——

「早安，**親愛的**。」

「……！」

「欸嘿嘿，我一直很想說一次看看呢。」

一輝聽見這句話，心臟不禁漏了一拍，雙頰發燙。

史黛菈口中的那句代名詞，蘊含著特別的愛情。

當這句話傳入一輝耳中，頓時吹飛睏倦，他終於想起來了。

昨晚在這裡發生的一切。

（原、原來如此，難怪覺得身體很重。）

一輝理解狀況，往一旁瞥了一眼。那裡放著一堆塑膠殘骸。

（沒想到我們真的全部用光了……！）

一開始的膽怯和顧慮不知上哪去了。

一切就發生在兩人的第一次結束之後。

——史黛菈似乎打開了奇怪的開關。

兩人改為騎乘位之後，剩下就是順勢進展而已。
話雖這麼說，自己也相當沉醉其中。總之，打開奇怪開關的人不只史黛菈一個人。
……不過再怎麼陶醉，總該有個限度。
或許是因為他從開學開始就一直維持禁慾生活，才導致反撲。
這樣亂搞，隔天當然無法正常活動。
（下次要小心點……）
他要是太過沉醉於史黛菈的身體，因此疏於訓練，可就本末倒置了。
一輝告誡著自己，接著開口詢問史黛菈。比起自己，她身上肯定還殘留傷口。
「身體還好嗎？」
「還很痛呢，要像平常一樣走路可能會有點辛苦。一輝其實出乎意料地殘忍呢，竟然對第一次做的女孩子做那種事。」
「關於那個，我覺得**很明顯**就不只是我的錯。」
「唔、是、是沒錯啦。」
她也知道自己過頭了。
史黛菈有些尷尬地轉開視線。
「巨龍的代謝能力沒辦法治好嗎？」
「應該是可以……不過我想暫時保留這些傷。」

一輝聞言，疑惑地歪了歪頭。

既然能治好，當然是趕快治好比較好。

一輝自己看到史黛菈忍痛，他也會心生愧疚。不過——

「因為這是一輝疼愛我的證據嘛。」

「～～～～」

他見到史黛菈洋溢幸福的表情，說出這番話，他也吐不出第二句話了。

兩人昨晚明明那樣激烈地疼愛對方，他心中的憐愛依舊苦苦壓迫自己。

——這女孩真的、太過分了。

他必須克制自己。

要小心，不能沉醉其中。

一輝上一秒才這麼下定決心，下一秒她就讓這份愛情塞滿自己的胸膛。

他一定要狠狠發洩這股情愛。

他要讓她知道，自己是多麼深愛著她。

一輝這麼心想，他的手自然而然地撫上史黛菈的臉頰。

史黛菈毫不抵抗。

她從掌心中的熱度汲取一輝的心意，閉上雙眼，粉脣微微湊上前。

一輝彷彿被那雙柔脣吸引而去，他的臉慢慢接近史黛菈，準備吻上她——

兩人正要觸碰對方，就在這個時候——

『哥哥、史黛菈同學，你們已經起來了嗎？』

門外響起敲門聲，以及珠雫的聲音。

「咿咿!?!?」

過於突然的狀況，讓兩人發出奇怪的慘叫。

不幸的是，外頭的珠雫與艾莉絲聽見兩人的聲音。

『看來他們起床了呢。』

（一、一輝！快點回到隔壁床去！）

（啊、可是史黛菈的病人袍……）

（我沒時間穿了！你先撿好藏起來！我來清理床下的垃圾！）

（了解……！）

一輝一把撈起掉在病床下的病人袍，接著直接跳回自己的病床，將病人袍藏進被窩中。

同時，醫務室的大門也應聲開啟，珠雫和有栖院走了進來。

「早安，哥哥、史黛菈同學。」

「兩位睡得還好嗎？呃……哎呀？」

有栖院一走進房間，突然停頓一下——

「哼嗯——嘿欸——原來如此。」

接著脣角浮現略帶深意的曖昧笑容。

史黛菈見到她那副一目了然的表情，一時之間汗如雨下。

「你、你幹麼笑得那麼奇怪啊，艾莉絲!?」

「嗯～？沒什麼啊，只是覺得你們昨晚過得可真是熱情啊～」

「我我我我們什麼都沒做啊!?」

不過珠雫聽見史黛菈的反駁，則是插嘴說了一句：「少睜眼說瞎話了。」

「你們兩位明明就打得那麼火熱。」

「啊──是、是指那個啊。」

「那個？」

「沒、沒什麼啦！」

「……？」

（史黛菈……舉止太可疑啦。）

再這樣下去就完蛋了。

一輝這麼心想，主動向珠雫搭話，讓她從史黛菈身上移開注意力。

「珠雫，謝謝妳特地來叫我們起床。」

「不會，這沒什麼，您不需要謝我。哥哥那麼努力……可以的話，我很想讓您安穩地睡上一覺。不過考慮到頒獎典禮的時間，您差不多該去用早餐了。」

「說、說得也是，我還要換衣服，準備一下，妳能先去外面等我嗎？」

親妹妹始終擔心自己的身體，她的貼心讓一輝不禁心生罪惡感，不過他勉強維持住表情，先勸珠雫離開。珠雫則是不疑有他——

「好的，那我就在外面等您。艾莉絲，走吧。」

她這麼說完，轉過身去。

總之暫時混過去——

「話說回來，史黛菈同學，我從剛剛開始就有點在意。那個掉在妳床下的，像是塑膠氣球的東西是什麼呢？」

「咦!?!?騙人！我應該全部撿乾淨了————呃……」

這瞬間，一切都毀了。

史黛菈窺視床底，但是下面**什麼都沒有**。

而她不小心脫口而出的一句話，足以讓設下陷阱的人，明白自己的猜測是正確的——

「史黛菈……」

「唉唉……」

男人們放棄似的嘆息，女人們臉色發青。

一方是因為焦急，另一方則是足以抽離血色的狂怒。

「原來如此，原～來如此啊。果然是這麼回事，我就想說兩位的態度看起來怪怪的呢。」

珠雫徒留脣角的笑意，雙眸點燃翠綠的鬼火。

房內的氣溫以她為中心，頓時降到零度以下。明明還是盛夏，玻璃窗上卻附著一層冰霜。

「珠、珠雫……那個、啊、這是……呃……」

史黛菈試圖說服珠雫，不過——

「沒關係、沒關係，妳不需要解釋全部過程，總之就是這麼回事嘛。昨天深夜，正當我認真思考該如何感謝史黛菈同學，感謝妳誠心誠意與哥哥互相競爭，兩位卻正在用深夜的一刀修羅塞進妃龍大顎裡呢。」

「那、那個啊!?我原本是打算找機會好好跟珠雫說……！」

「遺言嗎？」

「不——」

「原來如此，妳不需要留遺言嗎？」

即使她們對話成立，史黛菈也不可能說服火冒三丈的珠雫。

下一秒，珠雫噴發出的翠綠魔力光芒，頓時吹飛所有窗戶——

「那妳現在就給我去死啊啊啊啊啊啊啊啊啊啊啊!!!」

「呀啊啊啊啊啊！」

「等、珠雫！冷靜點——」

「嘶嘶——————!!!」

「咿、對不起什麼事都沒有！」

「一輝——！你怎麼可以這時候放棄啦————！」

「人家不管了～」

「嘶哈————————!!!!」

於是，鮮血的暴風雪肆虐整間醫務室。

◆◇◆◇◆

於是……漫長的七星劍武祭，終於贏來落幕之時。

『從日本全國各地，總計八所學校選拔出來的三十二名菁英，賭上唯一巔峰所進行的這場大戰。

就在昨天，所有的比賽終於告一個段落。

激烈至極的二十六場比賽。

在我的記憶中，每一場比賽都是無與倫比的精彩——』

會場仍然沉浸在昨日的興奮，七星劍武祭營運委員長——海江田勇藏的演講響徹整個比賽會場。

所有人的視線並不在海江田身上，而是坐落在他前方的凸型頒獎台。

正確來說，他們應該是注視著即將登上頒獎台的選手們。

他們現在已經迫不及待了。

他們希望這場大賽的主角們趕快登場，獲得他們即將取得的榮耀。

原本應該登上頒獎台的前三名中，紫乃宮天音因為在比賽後追擊對手，嚴重犯規，改由黑鐵王馬自動取得季軍。

但黑鐵王馬早在昨天就離開大阪，不在現場，剩下的兩人——黑鐵一輝與史黛菈·法米利昂則是在準備室中預備了。

「真、真是夠了、呼、哈啊！珠雫那笨蛋，竟然來真的……！要是別人早就沒命啦，真是的……！」

「史黛菈，妳、妳沒事吧？」

史黛菈無力地癱坐在鐵椅上，氣喘吁吁。

一輝見狀輕拍史黛菈的背部。

珠雫到處追殺史黛菈，一路追到剛才。

「我剛剛勉強甩開了她，不過之後可能會更慘。」

「下次我會好好和她解釋的。」

不過，史黛菈先是一次深呼吸，調整好呼吸後——

「沒關係。」

這麼否決一輝。

「為什麼？」

「讓珠雫接受我們的關係，是我該擔的責任。」

「沒這回事，這是我們兩個的——」

史黛菈依舊搖了搖頭。

「對不起，我明白你的意思，但是我還是想自己完成這件事。」

史黛菈從很早以前就這麼決定了。

那名少女是那麼深愛著一輝，而自己現在要從她手中奪走一輝。

至少自己要盡力讓她接受才行。

「就只有這件事，不能靠一輝幫忙，不然我在珠雫面前可就抬不起頭呢。」

一輝聽史黛菈這麼說，也明白她的意思。

這份責任感，實在很有這名少女的風格。

一輝也非常喜歡她這一點。

所以一輝決定在後面推她一把。

「……我知道了，妳要加油喔。」

「你也不能置身事外啊。」

「咦？」

她剛剛才說要自己別插手，現在卻又說自己不能置身事外，一輝不禁心生疑惑。

不過史黛菈會這麼說，有她的理由——

「刀華學姊的比賽之後，**我父王**說過的話。你不會忘了吧？」

「…………啊。」

一輝聞言，這才想起來。

倫理委員會失控引發他與史黛菈的緋聞事件。

最後是由法米利昂國王——也就是史黛菈的父親透過史黛菈轉告一輝：「七星劍武祭結束後，到法米利昂皇國來打聲招呼。」

「話、話說回來，還有這件事啊……」

的確，他完全沒辦法置身事外。

好戲還在後頭。

「順帶一提，我已經訂好一週後的機票囉。」

「欸欸欸欸!?!?」

「我們原本就是這麼定案的吧？」

「不、呃、是沒錯啦……我、我還沒做好心理準備。能不能再延一週啊？」

「這個國家的軍隊能撐過一週的話，應該可以吧。」

也就是說，假如他一星期內沒有抵達法米利昂皇國，就會爆發戰爭!?

「我雖然只是第二皇女，但你可是奪走一國公主的清白呢，你應該不會逃走吧～」

「唔……」

「父王可是和珠雫差不多恐怖喔，好好加油吧，親・愛・的♡♥」

他完全栽進史黛菈挖的洞裡了。

他只能老實投降。

「我、我會努力的……」

一輝點點頭，渾身冷汗直流。

於是——

『那麼現在即將舉行第六十二屆七星劍武祭的頒獎典禮。各位來賓，請給得獎者送上熱烈的掌聲。』

兩人的對話告一段落，同時海江田也在呼喚兩人出場。

史黛菈立刻從椅子上跳起來，面向一輝——

「一輝，我們走吧。」

她這麼說，對他伸出手。

頒獎時，冠軍與亞軍是分開領獎的。

至少他們入場時，要一起接受道賀。

「……嗯。」

一輝察覺史黛菈的心意，握住她的手。

然後，兩人手牽著手，一起從同一個閘門入場。

下一秒──

『『『哇啊啊啊啊啊啊啊啊啊啊啊啊──────────!!!!』』』

熱烈的掌聲與喝采如雨一般落在兩人身上，彷彿在訴說他們一直等待著兩人登場。

『一輝──！恭喜你──────！』

『啊！快看！那兩個人牽著手耶！』

『嗚呼──！你們很相配喔──！』

『史黛菈殿下！明年要繼續挑戰喔──────！』

『你們兩個真的很厲害啊──────！』

兩人雙手交疊，沐浴著眾人的道賀，走在通道上。

等到兩人走到海江田與頒獎台之間，眾人的聲音也逐漸轉小，最後，數萬人陷入沉默，全場迎來莊嚴的寂靜。

海江田等待寧靜來臨後，開口呼喚本次大賽的亞軍之名。

『破軍學園一年級，史黛菈・法米利昂。』

「是。」
史黛菈聽見呼喚，放開一輝的手，走向海江田。
『妳在這場第六十二屆七星劍武祭之中，留下燦爛的成績，順利獲得亞軍，特以此狀予以表揚——恭喜妳。』
「———」
史黛菈以雙手從海江田手中接過獎狀，深深一鞠躬。
接著，她轉過身面對觀眾，再次行禮。
觀眾們則是不開口，改以響亮的掌聲回禮。
史黛菈在一片掌聲中，筆直走向頒獎台，站上那第二高的位置。
——她的儀態凜然，落落大方。
看得出她相當習慣大舞台。
不久後，莊重的沉默再次降臨——
『破軍學園一年級，黑鐵一輝。』
終於輪到一輝領獎。
「是。」
一片寂靜之中，一輝洪亮地答道，邁步向前。
他不像史黛菈已經習慣大場面，但是他昂首挺胸。
他的身影強而有力，完全不輸給史黛菈。

海江田待一輝走到自己跟前，便賦予他——

『你在這場第六十二屆七星劍武祭之中，跨越激烈的戰鬥，登上頂點。在此以獎狀，以及〈七星劍王〉的稱號，表揚你在本次大賽的優秀成績……恭喜你。』

冠軍的獎狀，以及國內最強學生騎士的稱號。

——這些全是一輝長久以來的目標。

在這刹那，一輝胸口中閃過許許多多的回憶。

他與黑鐵龍馬的相遇。

在那之後，全力鍛鍊的日子。

來去眾多道場，數度瀕死，帶著血味的記憶。

被關在破軍學園中的漫長一年。

最後，是他邂逅那名最愛的少女。

直到這一刻，那些日子終於獲得一個具體的證明。

證明自己踏上的這條修羅之道，絕非錯誤。

「非常謝謝您。」

一輝百感交集，接過獎狀。

但是場內並沒有響起掌聲。

在場的每個人都明白。

冠軍還剩下一件他該做的事。

「黑鐵。」

破軍學園理事長．新宮寺黑乃就在海江田身旁預備。她將某個東西遞給一輝，好讓他完成自己的任務。

那是東堂刀華在一輝成為團長時，託付給他的破軍學園校旗。

現在遞給他母校的校旗，究竟要做什麼？

一輝不用問也知道。

他和他們約定好了。

他將獎狀託給黑乃，接過校旗。

他走向史黛菈身旁，站上頒獎台的最高處——立於七星之巔——

接著，他朝天高舉校旗。下一秒——

『『『————————!!!!』』』

「…………!」

掌聲與喝采彷彿瀑布的飛沫一般，落在一輝全身。

『黑鐵太棒了——!』

『呦！新任〈七星劍王〉!』

『明年我也會來為你加油的————!』

『一輝！太帥啦！』

道賀不只出自於觀眾席，會場外也是歡聲四起。

那是來自於數萬名陌生的人們，無數的道賀。

當然，人群中不只有陌生的眾人。

一輝熟悉的人們也為站上顛峰的他送上祝賀。

「他表現得很棒呢。」

「噗唔——」

有栖院揮著手，身旁的珠雫則是雙頰脹得像是倉鼠一樣，輕輕拍著手。

「黑鐵同學，恭喜你——！」

「…………哼。」

人群中還有倉敷藏人與綾辻絢瀨的身影。藏人不悅地雙手交疊在胸前，但他還是來到現場了；絢瀨則是想至少來參加恩人的頒獎典禮，強占藏人的親友票進入會場。

「謝謝你！黑鐵同學！」

「不愧是勝過我〈速度中毒〉的男人啊——！」

以及遇到曉的襲擊時，挺身保護兩人的破軍學園學生會成員。最後是——

「很好，黑鐵！我明年絕對不會輸給你的，給我做好覺悟啊——！」

「雄，你明年打算留級嗎？」

「啊……真的耶，明年我就不在了，怎麼辦？」
「俺還比較想知道，你為什麼以為自己能想辦法出場啊？」
在這個名為七星劍武祭的舞台上，賭上唯一的頂點互相競爭的勁敵們。
一輝接受他們的祝福，再次下定決心。
──他要變強。
為了不愧對他們的祝福，以及〈七星劍王〉的稱號。
他要變得比現在更強。
往後也是如此。
於是──
以這些道賀為契機，正式結束七星劍武祭最後的流程。
海江田對眾人開口說道：
『那麼，第六十二屆七星劍武祭，即將就此閉──』
就在此時──
「「「給我等一下啊啊啊啊啊啊啊啊!!!!」」」
剎那間，數十道同一位少女的聲音，突然從會場各處冒出來，數十道人影跳過欄杆，闖進戰圈。

會場的每個人見狀，嚇了一大跳。
這件事發生得太過突然，但除此之外——
那數十名入侵者，全都是少女，而且長相一模一樣。
『怎、怎麼回事!?』
『竟然出現好多同樣長相的人!?』
大人們立刻出手處理這個狀況。
他們準備抓住少女，平息現狀。
不過當大人們抓住少女們的瞬間，少女便一一化為煙霧消失。
這是分身類型的〈伐刀絕技〉。
少女分出大把的分身，瞬間突破大人們的防守。
最後，她溜到頒獎台上的一輝和史黛菈面前。
兩人見到入侵者的臉，頓時一陣愕然。
但也難怪，因為闖入的那名少女——
「是妳……！」
「日下部同學!?」
那是兩人的好友兼同班同學。
破軍學園新聞社的日下部加加美。
她到底想做什麼？

正當兩人打算開口詢問，加加美則是率先拿起相機，大喊道：

「史黛菈！快點去學長的旁邊！**妳不能一直待在那個地方啊！**」

「——！」

史黛菈與一輝立刻明白她的意思。

「史黛菈！」

「嗯……！」

加加美將鏡頭對著兩人。

同時，史黛菈的凜然神情轉為如花一般綻放的笑容，跳上一輝所在的頒獎台頂端。

一輝穩穩地接住史黛菈，撐住她的身軀。

黑鐵一輝的這條騎士之道，他往後也會持續向前邁進。

而那位無可替代、他最愛的勁敵，將會陪伴他一起前進。

在場的每個人見到兩人並立的身影，也神奇地接受眼前的畫面。彷彿這就是拼圖的最後一塊碎片。

啊啊、原來如此——

戰鬥的結果，兩人的勝負將會化作紀錄留存，無法動搖。

但即使如此——

他們兩人原本就應該是這副模樣。

往後的他們也始終是如此——直到永恆。

「來！笑一個！」

後記

非常感謝各位購買、閱讀落第騎士英雄譚第九集！

哎呀——我使盡全力了！而且是在各種意義上使盡全力！（炸）

落第騎士英雄譚就此完結，非常感謝各位長久以來的支持！

——以上只是開玩笑，接下來故事即將邁入法米利昂皇國訪問篇。

不過，這本第九集描述的是七星劍武祭決賽。這個故事至今都朝著這個目的地前進，如今通過這個目的地後，故事也暫時告一個段落。

或許也有讀者會因此遠離這部作品也說不定。

……所以，老實說，我直到最後一刻，仍然在煩惱史黛菈與一輝的決賽該如何描寫。一方面是我滿害怕讀者心目中的故事會就此終結，或許該找個方式延後這場決賽之類的；另一方面，我還想藉著這部作品寫更多想寫的故事（例如：一輝與史黛菈的雙親見面），要是讓史黛菈與一輝的決戰提前做個了斷，會不會太危險？

不過我在描述一輝等人的夢想舞台——「七星劍武祭」的過程中，作者自己也非常興奮，明明一輝等人如此認真邁向他們的目標，我實在沒辦法讓他們的這趟旅程半途而廢。

所以我也做好覺悟，以描寫作品最後一集的打算，將所有想法全部灌注在這本第九集上。

也因為有著這層原因，作者自己也相當滿意這集的內容。

閱讀過第九集的讀者如果因此更喜歡史黛菈與一輝，我也會感到非常開心。

如果有讀者因此告別這部作品，倘若能閱讀愉快，因而將這本書留存在記憶中的一角，那對我來說也是無上的喜悅。

編輯部的各位，繪者WON，負責漫畫版的空路小姐，動畫的各位製作人員。

以及至今支持這部作品的各位讀者。

全都是有各位的支持與協助，我才能完整描述出史黛菈與一輝的重要約定。

真的非常謝謝各位！

下一集舞台將會轉向世界。一輝是否能平安獲得史黛菈雙親的承認？而月影又是因為什麼原因而行動呢？希望各位往後能繼續支持落第騎士英雄譚。

那麼，我們就在第十集再見了！再會啦！

浮文字

落第騎士英雄譚 9

（原名：落第騎士の英雄譚 9）

著者／海空陸　封面插畫／WON　譯者／堤風
發行人／黃鎮隆　協理／陳君平　文字校對／施亞蒨
總編輯／洪琇菁　國際版權／劉惠卿
執行編輯／曾鈺淳　美術編輯／陳又荻
企劃宣傳／邱小祐　內文排版／謝青秀

出版／城邦文化事業股份有限公司 尖端出版
台北市中山區民生東路二段一四一號十樓
電話：（〇二）二五〇〇七六〇〇
傳真：（〇二）二五〇〇二六八三
E-mail：7novels@mail2.spp.com.tw

發行／英屬蓋曼群島商家庭傳媒股份有限公司城邦分公司 尖端出版
台北市中山區民生東路二段一四一號十樓
電話：（〇二）二五〇〇—七六〇〇（代表號）
傳真：（〇二）二五〇〇—一九七九

北部經銷／祥友圖書有限公司
電話：（〇二）八五一二—三八五一
傳真：（〇二）八五一二—四二五五

中部經銷／高見文化行銷股份有限公司
電話：〇八〇〇—〇五五—三六五
傳真：（〇二）二六六八—六二二〇

雲嘉經銷／智豐圖書股份有限公司 嘉義公司
電話：（〇五）二三三—三八五二
傳真：（〇五）二三三—三八六三

南部經銷／智豐圖書股份有限公司 高雄公司
電話：（〇七）三七三—〇〇七九
傳真：（〇七）三七三—〇〇八七

一代匯集／香港九龍旺角塘尾道六十四號龍駒企業大廈十樓B&D室
電話：（八五二）二七八三—八一〇二
傳真：（八五二）二七八二—一五二九

新馬經銷／城邦（馬新）出版集團Cite (M) Sdn. Bhd.
E-mail：cite@cite.com.my
大眾書局（新加坡）POPULAR（Singapore）
E-mail：feedback@popularworld.com
大眾書局（馬來西亞）POPULAR（Malaysia）
E-mail：popularmalaysia@popularworld.com

法律顧問／王子文律師 元禾法律事務所
台北市羅斯福路三段三十七號十五樓

二〇一六年八月一版一刷

■中文版■

郵購注意事項：
1. 填妥劃撥單資料：帳號：50003021戶名：英屬蓋曼群島商家庭傳媒(股)公司城邦分公司。2. 通信欄內註明訂購書名與冊數。3. 劃撥金額低於500元，請加附掛號郵資50元。如劃撥日起 10～14日，仍未收到書時，請洽劃撥組。劃撥專線TEL：(03) 312-4212 ・ FAX：(03) 322-4621。E-mail：marketing@spp.com.tw

國家圖書館出版品預行編目資料

落第騎士英雄譚 9 / 海空陸 著 ; 堤風譯.
—1版.—臺北市：尖端出版, 2016.08
面 ； 公分.—(浮文字)
譯自:**落第騎士の英雄譚**
ISBN 978-957-10-5552-7(第1冊：平裝)
ISBN 978-957-10-5650-0(第2冊：平裝)
ISBN 978-957-10-5806-1(第3冊：平裝)
ISBN 978-957-10-5839-9(第4冊：平裝)
ISBN 978-957-10-5968-6(第5冊：平裝)
ISBN 978-957-10-6044-6(第6冊：平裝)
ISBN 978-957-10-6211-2(第0冊：平裝)
ISBN 978-957-10-6338-6(第7冊：平裝)
ISBN 978-957-10-6500-7(第8冊：平裝)
ISBN 978-957-10-6694-3(第9冊：平裝)
861.57　　103003318

超人高中生們即便在異世界也能從容生存！①

作者／海空陸 RIKU MISORA
繪者／SACRANECO

Characters
御子神司
政治家
真田勝人
企業家
Prince曉
一條葵
劍士
大星林檎
發明家
神崎桂音
猿飛忍
記者
七名最強高中生，玩壞拯救異世界的革命傳說！
©Sacraneco